谁走进心理咨询室

毕淑敏 著

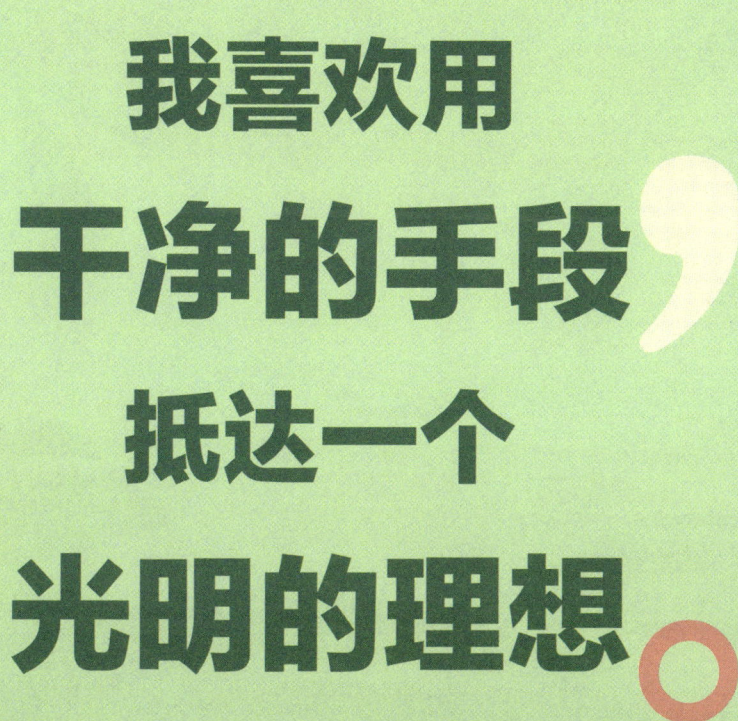

我喜欢用
干净的手段,
抵达一个
光明的理想。

父母是会伤人的，家庭是会伤人的。

没有必要
取悦他人,
没有必要
委屈自己。

人生是
没有意义的，
你要为之
确立一个意义。

目 录

第一章 看见自己，便是疗愈的开始

你真实了，自己安全了，也让他人觉得安全，机遇反倒萌生。

002	挖掘心灵第一图 /	知道了自己眺望世界的基本视角，便有了揭示自身很多特点的钥匙。
007	拍卖你的生涯 /	人生的重大决定，是由心规划的，像一个预先计算好的框架，等待着你的星座运行，如期待改变我们的命运，请首先改变心的轨迹。
017	你站在金字塔的第几层 /	你一生将成为怎样的人？在你的价值体系里，是怎样的顺序？
023	再选你的父母 /	请你静静地和你的心在一起，面对着你写下的期望中的父母的名字，去感受这种差异后面麇集的情愫。
030	拒绝分裂 /	生活就是泥沙俱下，就是鲜花和荆棘并存。
037	对自己诚实一点 /	你装得了一时三刻，却没有法子永远生活在一个不属于你的光环中。
040	面具后面的脸 /	人不能总在面具后面生活，特别是人对自己的面具要有清醒的认识，要知道哪些是面具，哪些是真实的自我。
048	我很重要 /	重要并不是伟大的同义词，它是心灵对生命的允诺。
054	没有一棵小草自惭形秽 /	草是卑微的，但卑微并非指向羞惭。
058	每只小狗都有一个目标 /	自我价值从属于你的目标，一个连目标都没有的人，又何谈价值呢！
061	你是否需要预知今生的苦难 /	我们可以预知的只是自己应对苦难和幸福的态度。

1

第二章 释放情绪，让卡住的生活流动起来

你会在这种变化当中，感受到生命充满爆发的张力。你知道你活着痛着并且成长着。

066　千头万绪是多少　/　把它们理清，一一列出对策，就可以逐一攻克了。

073　轰毁你心中的魔床　/　当我们撕去了魔床上的铭文，打碎了那些陈腐的"应该"时，魔力就在一瞬间倒塌。

080　抵制"但是"　/　这不单是如何连接上下两句话的问题，在词的背后隐伏着思维方式。

084　蚕是被自己的丝裹住的　/　有很多人终身困顿在他们自己的茧里。

088　压抑也许成癌　/　被压抑的能量化作钢刀，在胸廓之内到处乱戳，也可能跑到哪里聚成块垒，就成了凶险的癌瘤。

093　任何成瘾都是灾难　/　学会控制自己的内啡肽，也是成长的必修课之一。

099　心理拒绝创可贴　/　心理问题切不可头痛医头脚痛医脚，那样如同创可贴，只能暂时封住小伤口，却无法从根本上让我们的精神强健起来。

第三章 自我疗愈，快乐不必向外求

我们到哪里去寻找取之不尽、用之不竭的快乐呢？

114	疲倦	疲倦是一种淡淡的腐蚀剂，当它无色无臭地积聚着，潜移默化地浸泡着我们的时候，意志的酥软就发生了。
118	轻裘缓带	唯有松弛才可达久远，唯有松弛才能更深入地开发潜能。
121	泥沙俱下地生活	日常生活的核心，其实是如何善待每人仅此一次的生命。
124	为自己建立快乐的生长点	只有精神领域的探索是永无止境的，它能提供的快乐也是最高质量的快乐。
129	每天都冒一点险	有很多的束缚，不在他人手里，而在自己心中。
133	欣喜是自酿的	人世间的俗常生活，也蕴藏着天然的幸福因子，白霜般黏结在生活的缝隙中。
141	幸福和不幸永在	科学提供了产生幸福的新的机遇，但科学并不导致幸福的必然出现。
145	提醒幸福	简言之，幸福就是没有痛苦的时刻。它出现的频率并不像我们想象的那样少。

好的人际关系，会成为你的力量
九大关系，我们若能得到及格分数，人生就安然了。

154　你的支持系统　/　一个人，在世界上行走，没有好的支持系统是不能持久的。

157　回家去问妈妈　/　在我和最亲近的母亲之间，潜伏着无数盲点。

161　倾听，是你的魅力　　倾听是老老实实的活儿，来不得半点虚假和做作。

167　你究竟说了什么　/　那一天，我说得很少，他说得很多。

179　行使拒绝权　　拒绝是苦，然而那是一时之苦，阵痛之后便是安宁。

186　仇人的显微镜　　仇人的话，杀伤力之所以大，是因为那其中常常是有几分真实的。

189　人生的九大关系　/　我们所有的人，终其一生，都是在各种各样的关系中搏杀。

学会告别，不惧分离与死亡

我们只是盲目地怕着，我们怕的实际是一种未知的状态。

194　**谈怕** / 我们每个人的心里，都有一个害怕的场。

198　**究竟你失去了什么** / 一个人的价值并不在和别人的比较之中，而是在自己的掌握之中。

209　**最重的咨询者** / 他以自己的方式表达着痛入心扉的哀伤。

216　**永别的艺术** / 只有更明智巧妙地摆下人生的最后棋子，才能更有质量地获得完整的尊严。

220　**艾滋之椅** / 一个人怎样独立地走向死亡？

226　**生命和死亡如影随形** / 思考死亡就是这样一种精神的催化剂，可以把人从必死的恐惧中升华到更高的生存状态——那就是兴致勃勃地生活。

第一章

看见自己，便是疗愈的开始

挖掘心灵第一图

知道了自己眺望世界的基本视角,便有了揭示自身很多特点的钥匙。

一位睿智老人说,在每个人的心灵深处都珍藏着一幅对这个世界最初的印象图画。它储存在脑海的褶皱中,平时被繁杂的信息遮挡,好像昏睡的幽灵不理晨昏,但它无所不在地笼罩着我们,统领着每个人对世界的基本视点。好像一纸符咒,规定了我们探询世界的角度。

这话挺玄秘的,有点巫术的味道。我不服,挑战地问:"可以当场试试吗?"

老人很谦和地一笑,说:"一家之言。你可以信,也可以不信。"

我说:"我恰好知道一个人的心底图像。您若说中了,我就信。"

老人淡然回答:"行啊。"

我说:"这个人啊,脑海里留下的最朦胧也最原始的图像是一片无边的荒漠,尘沙漫天、苍黄渺茫,但他周围的小环境不错,好像是一个温暖的怀抱,有袅袅的香气环绕……"

说完,我定定地看着老人,且听他如何分解。

老人缓缓地说:"他的精神世界对立而单纯,沉重而简明。对世界本质的认识充满疑惧,觉得人力无法胜天;宇宙不可知;人是孤独渺小的生物,基调混沌而迷茫。但他还会快乐而努力地活着,时时感受到温情和带着暖意的希望,寻找一个光亮、安静、芬芳的所在……"说完后,老人问我:"他是这样一个人吗?"

我抑制住自己的大惊异,说:"对与不对,以后我再告诉您。现在,我最想知道的就是您这种分析的基本方法,能教我一些吗?"

老人说:"少许心得,不值多说。有点占卜的意味,但并不是街头的摆摊算卦。首先,你让被试者静静地躺下,拼命想早先的事。意识好比柳絮,能飞多远飞多远。回忆的触角竭力向脑仁深处钻,最后变得似睡非睡似醒非醒,一片混沌最好。让人由眼前的明明白白泡入米汤样的童年,到了再也沉不下去的时候,他的心里就会猛地浮出一幅画。让他把这幅画讲给你听,然后……"

老人一一道来,我全身心紧急动员,照单接收。老人说:"喏,基本思路就这些,剩下的事看你的悟性了。"

我说:"您可要'传帮带'啊。"

其后的一段时间，我像个居心叵测的探子，不断启发诱导各色人等，把他们脑海中留下的生命原初印象挖掘出来，一一告我，由我再转达老人。老人娓娓道出其中蕴含的深意。至于那人真实生活中的脾气品性，老人完全不感兴趣，也绝不想知道。在他的眼里，每个人的图谱就是性格之书的目录，他不过是读出来而已。

开头不顺利，第一位男人所谈简陋得像撕下的小人书碎片。

"那幅图像嘛，好像是一个黑夜，不知是灯灭了，还是眼睛得了病，总之黑暗环绕……完了，就这些。"他干巴巴地舔舔嘴唇说。

他那时黑暗，我此时也黑暗。到处像泼了墨汁，如何分析？我只好拼命启发他再想深入些。搜肠刮肚半晌，他补充如下："我摸着黑，仿佛找到一碗粥，就把它喝下去了。我妈妈走过来，眼泪洒在我脸上。很凉……哦，就这些，再也没有了。"他坚决地结束了回忆。

真是老虎吃天啊。我沮丧地请教老人，老人说："唔，足够了。他是个悲观主义者，一生都在寻找。他对自己终极寻找的东西究竟是什么，也闹不清楚。在这寻找的途中，他会得到温暖和利益的回报，他会很珍视亲情。但这些并不能缓解他寻找的焦虑，冲淡他与生俱来的悲哀，稀释充满他周围的茫茫黑色。"

我频频点头，最终也没有告诉老人，那是一位苦苦求索的哲学家的心底图像。反正老人并不需要他人的验证。

一个矮小的年轻人不好意思地说："我的第一图像似乎没什么好说的，支离破碎。那是我和我弟弟在抢被窝。你知道，我小的时候家里很穷，打通腿，就是两人合盖一个被筒。谁都想自己盖得暖和些，就拼命把被子朝自己身上裹……就这些，整夜抢啊抢的。穷人家的被子小，遮了这头捂不了那头。我比弟弟个儿大，总是占上风的时候多些。这就是全部了。"

老人分析："这个年轻人竞争性很强，在他的眼里，'弱肉强食'是生存的基本状态。他信奉实力决定一切，因此他会不遗余力地为自己争夺尽可能多的物质利益和生存空间。但他一般不会害人，不会使用特别凶残的手段。在他的内心里，还残存着'四海之内皆兄弟'的道义。"

实际情况是，那年轻人个子不高，说苛刻点几乎要算其貌不扬了，加上家境贫寒，按照常理该是比较自卑的。但他不，一点都不。整天意气风发、精神抖擞的，上大学，考研究生，什么都不落空。每当竞争的时候，他总是毫不退却、奋勇向前。计谋算不上很光明正大，但手段也并不卑劣，懂得趋利避害、适可而止。也许是天时加上人和，他的运气一直不错。

一位依旧美丽的中年女企业家告诉我，世界在她眼里是盘根错节的森林，热带雨林，遮天蔽日的。她在摸索着走，有时是爬，到处都有陷阱和叫不出名字的昆虫，很华丽也很狰狞……下着雨，很冷，有大毛虫发育成的极冷艳的蝴蝶在脖子后面盘旋……

我对这幅图像的真实性抱有深刻的怀疑。她祖籍北方，从未踏入北回归线以南。再说一个幼小婴孩，想象得出热带雨林的具体模样吗？还有毛虫和蝴蝶，这样复杂重叠的象征意象也是孩童难以触及的。她的叙述更像一场成人梦境，一个幻觉。但女企业家谈话时的郑重神态，使我无法贸然认定她在说谎。

老人听完我的转述与疑问说："这是真实的。心灵的真实不仅仅是亲眼所见，更多的时候是一种浓缩升华后的感受。哪怕你说图像尽头是一幅外星人联欢的图画，我也确信无疑。人的感受有一种特质——无比忠诚。出于种种的利害关系，它可以欺骗别人，但它为自己保留下的图谱不会是赝品。这位女性对世界的看法，是荒诞奇诡而又不乏夺人心魄的诱惑与美丽的，她应该擅长打拼，奋斗出了很高的成就。她好强，勇于挑战。但在不断的挣扎寻觅中，又感到巨大的孤独与人世的险恶。她臆造了一片热带雨林……"

我无话可说。老人就像与那女人相识了一百年，用电脑扫描了她的整个人生，留下一纸谶语。

随着积累的人们心底第一图数量的增多，我渐渐发觉探索源头的奥秘对每个人是一次心灵的剖析和飞跃。知道了自己眺望世界的基本视角，便有了揭示自身很多特点的钥匙。我们也许不能改变它，却可以因此变得更加理智和从容。

老人有一天对我说："你第一次对我描述的那个人，就是在沙漠中睁开眼睛看世界的人是谁啊？你还没有告诉我。"

我说："那个人就是我。我母亲抱着我，行进在从新疆到北京天地一色的途中。"

拍卖你的生涯

人生的重大决定,是由心规划的,像一个预先计算好的框架,等待着你的星座运行。如期待改变我们的命运,请首先改变心的轨迹。

朋友参加过一堂很别致的讲座,对我详细地描绘了一番。

她说:讲座叫作"拍卖你的生涯"。外籍老师发给每人一张纸,其上打印着数十行字。

1. 豪宅
2. 巨富
3. 一张取之不尽用之不竭的信用卡
4. 美貌贤惠的妻子或英俊博学的丈夫
5. 一门精湛的技艺
6. 一个小岛

7. 一座宏大的图书馆

8. 和你的情人浪迹天涯

9. 一个勤劳忠诚的仆人

10. 三五个知心朋友

11. 一份价值五十万美元并每年可获得25%纯利收入的股票

12. 名垂青史

13. 一张免费旅游世界的机票

14. 和家人共度周末

15. 直言不讳的勇敢和百折不挠的真诚

…………

大家先是愣愣地看着这些项目，之后交头接耳地笑，感觉甚好。本来嘛，全世界的美事和优良品质差不多都集中在此了。

老师拿起一只小锤子，轻敲讲台，蜂房般的教室寂静下来。老师说（他能讲不很普通的普通话）："我手里是一只旧锤子，但今天它有某种权威——暂时充当拍卖锤。我要拍卖的东西，就是在座诸位的生涯。"

课堂顿起混乱。生涯？一个叫人生出沧桑和迷茫的词语。我们大致明白什么是生存，什么是生活，但很不清楚什么是生涯。我们只是一天天随波逐流地过着，也许70岁的时候才恍然大悟，生涯已在朦胧中渐近尾声了。

老师说:"一个人的生涯,就是你人生的追求和事业的发展。它可以掌握在你自己手中。性格就是命运。生涯从属于你的价值观。通常当人们谈到生涯的时候,总觉得有太多的不可把握性,埋藏在未知中,其实它并非想象中那般神秘莫测。今天,我想通过这个游戏,让大家比较清晰地看到自己的爱好,预测自己的生涯。"

大家听明白了,好奇地跃跃欲试。

我相信在每一个成人的内心深处,都潜伏着一个爱做游戏的天真孩童,只不过随着时光流逝,蒙上了世故的尘土。

成年以后的我们,远离游戏,以为那是幼稚可笑的玩闹。其实好的游戏,具有启蒙人的智慧,通达人的思维,启迪人的感悟,让人反省的力量。当我们做游戏的时候,就更接近了真我。

老师说:"我现在象征性地发给每人一千块钱,代表你一生的时间和精力。我会把这张纸上所列的诸项境况,裁成片,一一举起,这就等于开始了拍卖。你们可以用自己手中的积蓄,购买我的这些可能性。一百块钱起叫,欢迎竞价。当我连喊三次,无人再出高价的时候,锤子就会落下,这项生涯就属于你了。注意,我说的是可能性,并非真正的事实,它的意思就是——你用九百九十九元竞得了豪宅,但并不等于你真的拥有了一片仙境般的别墅,只是说你将穷尽一生的精力,来为自己争取。相信只要你竭尽全力,把目标当成整个生涯的支撑点,达至的可能性甚大。"

教室里的气氛,骚动之后有些沉凝,这游戏的分量举轻若重,它把我们人生的繁杂目的,约分并形象化了——拼此一生,你到底要什么?

老师举起了第一项拍卖品——拥有一个小岛,起价一百元。

全场寂静,一个小岛,它在哪里?南半球还是北半球?大西洋还是太平洋?面积若何?人口多少?有无石油和珊瑚礁?风光怎样?

疑声鹊起,大家迫切希望提供更详尽的资料,关于那个小岛,关于风土人情,老师一脸肃然,坚定地举着那个纸片,拒绝做更进一步的解说。

于是,我们明白了。小岛,就是小小的平平凡凡的一个无名岛,你愿不愿以一生作赌,去赢得这块海洋中的绿地?

终于,一个平日最爱探险、充满生命活力的女生,大声地喊出了第一个竞价——我出二百!

一个男生几乎是下意识地报出:五百!他的心思在那一瞬很简单,买下荒凉岛屿这样的事件,就该是男子汉干的事情。

但那名个子不高却意志顽强的女生志在必得了,她涨红着脸,一下子喊出了……一千!

这是天价了,每个人只有一千块钱的贮备,也就是说,她已下定以毕生的精力,赢得这个小岛的决心。别的人,只有望洋兴叹!

那个男生有些悻悻地说:"竞价应该一点点攀升,比如她要出六百,我喊七百……这样也可给别人一个机会。"

老师淡然一笑说:"我们只是象征性的拍卖,所以可能不合规矩。大家要记住,生涯也如战场,假如你已坚定地确认了自己的目标,就紧紧锁定它。机遇仿佛闪电。"

大家明白了竞争的激烈,肃静中有了潜藏的紧迫和若隐若现的敌意。

拍卖的第二项是美貌贤惠的妻子和英俊博学的丈夫。

我原以为此项会导致激烈的竞拍,没想到一时门可罗雀。也许因为它太传统和古板,被其他更刺激的生涯吸引,大伙不愿在刚开场不久,就把自己的一生拴入伴侣的怀抱。好在和美的家庭,终对人有不衰的吸引力,在竞争不激烈的情形下,被一位性情温和的男子以七百元买去。

我把指关节攥得紧紧的,如果真有一沓钞票,大概会滴下浑浊的水来。到底用这唯一的机会买回怎样的生涯?扒拉一下诸样选择,自己属意的栏目有限,和同志们所见略同也说不准。定谋贵决,一旦确立了自己的真爱,便要直捣黄龙,万不可游移吝惜。要知道拍的过程水涨船高步步为营。倘稍一迟缓,被他人横刀夺爱,就悔之莫及了。

拍到"取之不尽用之不竭的信用卡"时,引起空前激烈的争抢。

聪明人已发现，所列的诸项，某些外延交叉涵盖，可互相替代。有同学小声嘀咕，有了信用卡，巨富不巨富的，也不吃紧了，想干什么，还不是如探囊索物？于是信用卡成了最具弹性和热度的饽饽。一时群情激昂，最后被一奋勇女将自重围中"掳"走。

其后的诸项拍卖，险象环生。有些简直可以说是个人价值取向甚至隐秘的大曝光，一位众人眼中极腼腆内向的男同学，取走了免费旅游世界的机票，让人刮目相看。一位正在离婚风波中的女子，选择了和情人浪迹天涯，于是有人暗中揣测，她是否已有了意中人？一位手脚麻利助人为乐的同学，居然选了勤快忠诚的仆人，让全体大跌眼镜，细一琢磨，推算可能他总当一个勤快人，已经厌烦，但又无力摆脱这约定俗成的形象，出于补偿的心理，干脆倾其所有，买下对另一个人的指挥权吧。一旦咀嚼出这选择背后的韵味，旁观者就有些许酸涩。

一位爱喝酒的同人，一锤定音买下了"三五个知心朋友"，让我在想象中，立即狠狠捆了自己一掌。从前，我劝过他不要喝那么多的酒，他笑说："我喜欢和朋友在一起。"我不死心，便再劝，他却一直不改，此番看了他的选择，我方晓得朋友在他的心秤上如此沉重。我决定，该闭嘴时就闭嘴吧。

光顾了看别人的收成，差点耽误了自己地里的活计，同桌悄悄问："你到底打算买何种生涯？"

我说："没拿定主意啊。我想要那座图书馆。"

同桌说:"傻了不是?我看你不妨要那张价值五十万美元且年年递增25%的股票,要知道这可是一只会下金蛋的火鸡。只要有了钱,什么图书馆置办不出来呢?你要把图书馆换成别的资产,就很困难了。如今信息时代,资料都储藏在光盘里,整个大英博物馆也不过是若干张碟的事,图书馆是落后的工业时代的遗物了……"

他话还没说完,老师举起了新的一张卡片。他见利忘友,立刻抛开我,大喊了一声:"嘿!这个我要定了。一千!"

我定睛一看,他倾囊而出购买回来的是:一门精湛的技艺。

我窃笑道:"你这才是游牧时代的遗物呢,整个一小农经济。"

他很认真地说:"我总记着老爸的话,家有千金,不如薄技在身。"

我暗笑,哈,人啊,真是环境的产物。

好了,不管他人瓦上霜了,还是扫自己门前雪吧。同桌的话也不无道理,有了足够的钱,当然可以买下图书馆或是任何光碟,但你没有这些钱时,你就干瞪眼。钱在前,还是图书馆在前?两者的顺序便有了原则的不同。我愿自己在两鬓油黑耳聪目明之时,就拥有一座窗明几净汗牛充栋庭院深深斗拱飞檐的图书馆。再说,光碟和图书馆哪能同日而语?我不仅想看到那些古往今来的智慧头脑留下的珍珠,还喜欢那种静谧幽深的空间和气氛,让弥漫在阳光中的纸张味道鼓胀自己的肺……这些,用钱买来的新书和光碟，仿得出来吗？

正这样想着，老师举起了"图书馆"，我也学同桌，破釜沉舟地大喊了一声：一千！

于是，宏大的图书馆就落到了我的手中。那一刻，虽明知是个模拟的游戏，心中还是扩散起喜悦的巨大涟漪。

拍卖一项项进行下去，场上气氛热烈。我没有参加过实战，不知真正的拍卖是怎样的程序，但这一游戏对大家心灵的深层触动是不言而喻的。

当老师说，游戏到此结束时，教室一下静得不可思议，好像刚才闹哄哄的一干人，都吞炭为哑或羽化成仙去了。

老师接着说："有人也许会在游戏之后，思索和检视自己，产生惊讶的发现和意料外的收获。有一个现象，不知大家发现没有，有三项生涯，当我开价一百元之后，没有人应拍，也就是说不曾成交。这种卖不出去的物品，按规矩，是要拍卖行收回的。但我决定还是把它们留下。也许你们想想之后，还会把它们选作自己的生涯目标。"

这三项是：

1. 名垂青史

2. 和家人共度周末

3. 直言不讳的勇敢和百折不挠的真诚

同学大眼瞪小眼,刚才都只专注于购买各自的生涯,不曾注意被遗落冷淡的项目。听老师这样一说,就都默然。

我一一揣摩,在心中回答老师。

和家人共度周末。

老师别恼,不曾购买它以做自己的生涯,原因可能是多方面的,有人以为这是很平淡的事,不必把它定作目标。凡夫俗子们,估摸着自己即使不打算和家人共度周末,也没有什么地方可去,一件被迫的几乎命中注定的事,何必要选择?还有的人,是一些不愿归巢的鸟,从心眼里不打算和家人共度周末。现今只有没本事的人,才和家人共度周末。有本事的人,是专要和外人度周末的。

青史留名?

可叹现代人(当然也包括我),对史的概念已如此脆弱。仿佛站在一个修鞋摊子旁边,只在乎立等可取,只在乎急功近利。当我们连清洁的水源和绵延的绿色,都不愿给子孙留下的时候,拥挤的大脑中,如何还存得下一块森严的石壁,以反射青史遥远的回声?

勇敢和真诚?

它固然是人类曾经自豪和骄傲的源泉,但如今怯懦和虚伪,更成了安身立命的通行证。预定了终生的勇敢和真诚,就把一把利刃悬在了颅顶,需要怎样的坚韧和稳定?!我们表面的不屑,是因为骨子里的不敢。我们没有承诺勇敢的勇气，我们没有面对真诚的真诚。

游戏结束了，不曾结束的是思考。

在弥漫着世俗气息的"我"之外，以一个"孩子"的视角，重新剖析自己的价值观和生存质量，内心就有了激烈的碰撞和痛苦的反思。

在节奏纷繁的现代社会，我们一天忙得视丹如绿，很难得有这种省察自我的机会，这一瞬让我们返璞归真。

人生的重大决定，是由心规划的，像一个预先计算好的框架，等待着你的星座运行，如期待改变我们的命运，请首先改变心的轨迹。

你站在金字塔的第几层

你一生将成为怎样的人？在你的价值体系里，是怎样的顺序？

美国心理学家马斯洛有一段名言："如果你有意地避重就轻，去做比你尽力所能做到的更小的事情，那么我警告你，在你今后的日子里，你将是很不幸的。因为你总是要逃避那些和你的能力相联系的各种机会和可能性。"每逢读到，我总是心怀战栗地感动。

一个人就像是一粒种子，天生就有发芽的欲望。只要是一颗健康的种子，哪怕是在地下埋藏千年，哪怕是到太空遨游过一圈，哪怕被冰雪封盖，哪怕经过了鸟禽消化液的浸泡，哪怕被风剑霜刀连续宰杀，只要那宝贵的胚芽还在，一到时机成熟，它就会在阳光下探出头来，绽开勃勃的生机。

现代心理学有很多精彩的论证，这些论证不能像实证的物理化学，拿出若干铁一般的证据，心理学的很多假说，建立在对人的行为的推断和研究之上,被千千万万的人所证实。

马斯洛先生所创建的人的基本需要的"金字塔"理论,就是这样一个伟大的学说。他研究了很多人的行为和动机,特别是那些自我实现程度很高的人,之后得出了一个结论。简言之,就是在我们人类的精神内核中,存在着一个内在需要的金字塔,分成了五个台阶。

在第一个台阶上,是我们的温饱需要——最基本的生存之道。饥肠辘辘,你今晚吃什么饭?是人的第一考虑。寒冬腊月的,你今夜睡在哪里?是火车站的长凳还是马路上的水泥管?这都是头等大事。

当这个需要满足之后,紧接着就是安全的需要了。你有了吃有了住,你今天的生命是有了保障了,可是如果你被其他的人或是动物或是自然界的恶劣条件所侵犯,你远期的生命就陷在水深火热之中了。因此,一旦温饱不成问题之后,人马上就考虑安全系数。这一点,如果你不相信,尽可以放眼看去。马上能看到富人区森严的保安和世上风行的形形色色的自卫器械。当你从一个熟识的环境换到一个新环境时,那不安和紧张,与陌生人交谈时的畏葸和不自在……都从另一个方面证实了安全对人的重要性。

现在我们已经到了金字塔的第三阶梯。在这个阶梯上大大地写着"爱"。这不仅是男女之爱、亲子之爱、手足之爱……这些源于血缘和繁衍的爱意,还有同伴之爱、集体之爱、祖国之爱、民族之爱、文化之爱……总之，这里所提到的"爱"，有着宽泛的含义，但它是那样不可或缺，是人类精神活动的高级需要。我们常常说，一个不懂得爱的人，是灰暗和孤独的。就是说人的精神需要如果不能完成这种超越和提升，就是饱含瑕疵的半成品。

爱之高处，就是尊严感了。人是一种特殊的动物，人是有尊严感的。一条虫子可以没有尊严，一株树木可以没有尊严，但是一个人，不是这样。如果丧失了尊严感，那就不是一个完整的人了。中国的古话里有"不吃嗟来之食"，有"士可杀不可辱"，有"君子一言，驷马难追"，等等，讲的都是尊严的问题。

在金字塔的最高点，屹立着自我价值的体现和追求。什么是自我价值的最高体现——那就是充满了创造性的劳动。我以为劳动是有高下之分的，不是指在价值层面上，而是指在带给人的由衷喜悦程度上。你可以想象并同意，一个科学家在得不到任何报酬的情形下，不倦地研究某一个与现实相隔十万八千里的学术问题，比如"哥德巴赫猜想"，为自己换不到一块窝头，但毫无疑问陈景润乐在其中。你基本上不能同意，一位老农在得知三年没人收购麦子的情况下，除了自己够吃之外还会不辞劳苦地广撒麦种。在前者，创造性的劳动里面蕴含着强大的挑战和快乐，在后者，则充斥着重复性劳动的艰辛和疲惫。

人类精神需要的金字塔，在某种意义上讲，是一种铁律，几乎不可逃避。当然，我们不能想象一个人在自己的温饱都得不到保障的时候，能够像斯蒂芬·霍金那样去研究宇宙大爆炸这样的问题。这也就是鲁迅先生所说的：年轻人，一要生存，二要温饱，三要发展。有一个顺序，有孰先孰后的问题。在解决了温饱和安全这些最基本的生存需要之后，你必定要不满足，你必定要有新的追求。人类精神发育的法则你是绕不过去的。你吃得饱了，你睡得暖了，你有大房子了，你安居乐业了，你很有安全的保障了。可是，我敢说，在心底最深邃的地方，你有火焰一样的躁动，你如果无法满足它，你就没有恒久的快乐。

让我们回到本文开端所引用的马斯洛的那段话。你以为你逃避了风险，你以为你躲避了责任，你以为你成功地掩饰了自己的才华，你以为你心甘情愿地收敛包裹自己，你就可以在人们的艳羡之中，安安稳稳地过此一生了吗？我相信你可以用奢华的装备和风流倜傥的举止，成功地欺骗几乎所有的人，包括和你至亲至爱之人，但是，每每月朗星稀之时，你永远欺骗不了的一个人，就会在你独处的时候，顽强地站在你的面前，拷问你，鞭挞你，谴责你，纠正你……这个人不是别人，正是你自己！由于每一个人都是那样与众不同，由于你所具有的内在生命力一直在熊熊燃烧，所以，当你完成了自己人生的台阶之后，你就要向上攀登。你只有在这种不倦的探索中，才能丰富自己的人生，才能得到生命的欢愉，才能感到自己内在的充实和价值。

人是追求创造性快乐的动物，如同飞越大洋的候鸟的脑内罗盘，掌控着我们的一系列选择和决定。你一生将成为怎样的人？在你的价值体系里，是怎样的顺序？这些看起来很浩大很空茫的标准，实际上很细致地决定着我们的工作学习生活的各个层面。

记得我在北大讲演的时候，递上来一个纸条，上面写着："我智商很高，从小到大一直是班干部，考上北大更证明了我的实力。只要我愿意，继续读硕士和博士都不成问题。我选择将金钱作为我一生奋斗的大目标，你看怎样？"我把这个纸条念了。我说我很感谢这位同学对我的信任，我说人生的价值是多元的，以金钱为自己终生的奋斗目标的，也大有人在。但我以为，金钱只是手段，在它之后，还有更为深远的目标在导引着你。如果你唯钱是图，那么，你的周围将没有真正的朋友。因为古往今来，已经无数次地证明了，在金钱的旗帜下，会聚拢来很多无耻小人。同时，你很可能得不到真正的爱情。因为爱情可以被金钱所出卖，却不可被金钱所购买。那个爱上你的人，有可能不是爱你本人，而是爱上了你的信用卡。如果你把金钱当成了证明你的自我价值的工具，我要说，除了单一和狭隘，还有一种盲从。你用世俗的标准代替了内在的准星。

我翻阅了几期《华融之声》，看到华融人的志气和理想。谈到从工商行调到华融来的理由，最主要的是期望自己的能力得到更好的发展。我觉得这是很好的理由，是内心和外在的统一，是朝着自我实现路上的迈进。当然了，自我实现的路，绝不会是一帆风顺的。我们常常会遭遇到挫折和失败。但人生的价值并不在于永远是胜利和成功，而在于这个过程当中，我们得到了独一无二的属于自己的体验。在生存之道解决之后，在工作中得到乐趣，就是一个极好的选择。要知道，我们每个人，一生用于工作之中的时间，大于七万个小时。可不要小瞧了这七万个小时，如果你是在快乐和创造中，你是在自我寻找价值的挑战中，你的人生就会过得很充实。如果你只是为了更多的钱，更宽敞的房子，更多的应酬和名声上的虚荣，你将在七万个小时甚至更多的时间里，委屈着自己，扼杀着自己，毁灭着自己的自由。

我在美国印第安人的保留地，遇到一位印第安族的心理学家。她说："在我们古老的印第安人那里，有一个风俗，即使是自己的温饱没有解决，我们也会用自己的食物拯救他人。因为，对我们来说，帮助别人是精神的传统。"她说："我并不是要挑战马斯洛，我只是说，精神有时比肉体更重要。"

这是那位印第安族心理学家最后留给我的话。

再选你的父母

请你静静地和你的心在一起,面对着你写下的期望中的父母的名字,去感受这种差异后面麇集的情愫。

我猜很多人一看到这个题目的名称,就大不以为然,甚至愤愤然了,觉得毕淑敏是不是昏了头,父母是可以再选的吗?中国是孝之邦,身体发肤,受之父母,感恩戴德还表达不尽,岂容再选?我的父母是天下最好的父母,让我重选父母,这不是逼人不孝吗?若是父母已驾鹤西行,这题目简直就是违背天伦。

请您相信我,我没有一丁点想冒犯您的意思,也不是为了震撼视听、哗众取宠,实在是为了您的心理健康。

父母可不可以批评?我想大家理论上一定承认父母是可以批评的。即使是伟人,也有这样那样的错误和缺点,我们的父母肯定不是完人,当然也可以讨论。可实际上,有多少人心平气和地批评过我们的父母,并收到了良好的回馈,最终取得了让人满意的效果呢？我们能客观地审视父母的优劣长短、得失沉浮吗？我相信愤怒的青年可以大吵一架离家出走，但这并不代表着他能公允地建设性地评价父母。也许有人会说，那是历史了，我们有什么理由在很多年后，甚至在父母都离世之后，还议论他们的功过是非呢？

我想郑重地说，有。因为那些历史并没有消失，它们就在我们心灵最隐秘的地方，时时引导着我们的行为准则，操纵着我们的喜怒哀乐。

父母是会伤人的，家庭是会伤人的。当我们还是孩子的时候，我们无力分辨哪些是真正的教导，哪些只是父母自身情绪的宣泄。我们如同酒店里恭顺的小伙计，把父母的话和表情，还有习惯和嗜好，如同流水账一般记录在年幼的脑海中。他们是我们的长辈，他们供给我们吃穿住行，从某种程度上说，我们是凭借他们的喜爱和给予，才得以延续自己幼小的生命。那时候，他们就是我们的天和地，我们根本就没有力量抗辩他们、忤逆他们。

你的父母塑造了你，你在不知不觉中重复着他们展示给你的模板，你是他们某种程度的复制品。分析他们的过程其实是在分析你自己。

请你准备一张白纸，让思绪和想象自由驰骋。在白纸上方写下你的名字，左边写上"再选"二字。现在，纸上的这行字变成了"再选 ×"，你在这行字的右面写上"的父母"三个字。

"再选×的父母",我敢说,也许在此刻之前,你从来没有想过可以把自己的父母炒了鱿鱼,让他们下岗,自行再来招聘一对父母。请你郑重地写下你为自己再选的父母的名字。

父:

母:

我猜你一定狠狠地愣一下。虽然我们对自己的父母有过种种的不满,但真的把他们淘汰了,你一定目瞪口呆。你要挺住啊,记住这不过是一个游戏。

谁是我们再选父母的最佳人选呢?你不必煞费苦心,心灵游戏的奥妙之处就在于它的一闪念之中。你的潜意识如同潜藏深海的美人鱼,一个鱼跃,跳出海面,露出了它流线型的身躯和嘴边的胡须。原来,它并非美女,也不是猛兽。关于你的再选父母的人选,你把头脑中涌起的第一个人名写下就是了。

他们可以是英雄豪杰,也可以是邻居家的老媪;可以是已经逝去的英豪,也可以是依然健在的大款;可以是绝色佳人,也可以是末路英雄;可以是动物植物,也可以是山岳湖泊;可以是日月星辰,也可以是布帛菽粟;可以是一代枭雄,也可以是飞禽走兽;可以是自己仰慕的长辈,也可以是弟妹同学……总之,你就尽量展开想象的翅膀,天上地下地为自己选择一对心仪的父母。

你再选的父母是什么类型的东西（原谅我用了"东西"这个词，没有不敬的意思，只是一言以蔽之），这不重要。重要的是你在这个游戏中重新认识了你的父母，你在弥补你童年的缺憾，你在重新构筑你心灵的世界。你会发现自己缺少的东西、追求的东西到底是什么。

有个农村来的孩子，父母都是贫苦的乡民。在重选父母的游戏中，他令自己的母亲变成了玛丽莲·梦露，让自己的父亲变成了乾隆。我想这是一个非常典型的例子，我首先要感谢这位朋友的坦率和信任。因为这样的答案太容易引起歧义和嘲笑了，虽然它可能是很多人的向往。

我问他："玛丽莲·梦露这个女性，在你的字典中代表了什么？"他回答说："她是我见过的最美丽和最现代的女人。"我说："那么，你是不是觉得自己亲生母亲丑陋和不够现代？"他沉默了很久说："正是这样。中国有句俗话叫作'儿不嫌母丑，狗不嫌家贫'，我嫌弃我的母亲丑，这真是大不敬的恶行。平常我从来不敢跟人表露，但她实在是太丑的女人，让我从小到大蒙受了很多耻辱。我在心里是讨厌她的。从我开始知道美丑的概念，我就不容她和我一道上街，就是距离很远，一前一后的也不行，因为我会感到人们的目光像线一样把我和她联系起来。后来我到城里读高中，她到学校看我，被我呵斥走了。同学问起来，我就说，她是一个丐婆，我曾经给过她钱，她看我好心，以为我好欺负，居然跟到这里来了……我说这些话的时候,觉得自己也很有理,因为母亲丑,并把她的丑遗传给了我,让我承受世人的白眼,我想她是对不住我的。

"至于我的父亲,他是乡间的小人物,会一点小手艺,能得到人们的一点小尊敬。我原来是以他为豪的,后来到了城里,上了大学,才知道山外有山、天外有天,才知道父亲是多么草芥。同学们的父亲,不是经常在本地电视要闻中露面的政要,就是腰缠万贯、挥金如土的巨富,最次的也是个国企的老总,就算厂子穷得叮当响,照样有公车来接子女上下学。我的位于社会底层的位置是我的父母强加给我的,这太不公平。深层的怒火潜伏在我心底,使我在自卑的同时非常敏感,性格懦弱,但在某些时候又像地雷似的一碰就炸……算了,不说我了,我本来认命了,因为父母是不能选择的,所以也从来没有动过这方面的脑筋。既然你今天让做换父母的游戏,让我可以大胆设想、别具一格,我一下子就想到了玛丽莲·梦露和乾隆。"

我说:"先问你一个问题,如果父亲不是乾隆,换成布什或布莱尔,要不就是拉登,你认为如何?"

他笑起来说:"拉登就免了吧,虽然名气大,但是个恐怖分子,再说翻山越岭胡子老长的也太辛苦。布什或布莱尔?"

"当然可以,"我说,"你希望有一个总统或是皇上当父亲,这背后反映出来的复杂思绪,我想你能察觉。"

他静默了许久,说:"我明白那永远伴随着我的怒气从何而来了。我仰慕地位和权势,我希图在众人视线的聚焦点上。我看重身份,热爱钱财,我希望背靠大树好乘凉……当这些无法满足的时候,我就怨天尤人,心态偏激,觉得从自己一落地就被打入了另册。因此我埋怨父母,可是中国'孝'字当先,我又无法直抒胸臆,情绪翻搅,这就让我永远不得轻松。工作中、生活中遇到的任何挫折,都会在第一时间让我想起先天的差异,觉得自己无论怎样奋斗也无济于事……"

我说:"谢谢你的这番真诚告白。只是事情还有另一面的解释,我不知你想过没有?"

他说:"我很想一听。"

我说:"这就是你那样平凡贫困的父母在艰难中养育了你,你长得并不好看,可他们没有像你嫌弃他们那样嫌弃你,而是给了你力所能及的爱和帮助。他们自己处于社会的底层,却竭尽全力供养你读书,让你进了城,有了更开阔的眼界和更丰富的知识。他们明知你不以他们为荣,可他们从不计较你的冷淡,一如既往地以你为荣。他们以自己孱弱的肩膀托起了你的前程,我相信这不是希求你的回报,只是一种无私无悔的爱。

"你把玛丽莲·梦露和乾隆的组合当成你的父母的最佳结合,恕我直言,这种跨越国籍和历史的组合,攫取了威权和美貌的叠加,在这后面你是否舍弃了自己努力的空间?

"玛丽莲·梦露是出自上帝之手的珍稀品种,乾隆也是天分和无数拼杀才造就的英才。在你的这种搭配中,我看到的是一厢情愿的无望,还有不切实际的奢求。"

那位年轻人若有所思地走了。我注视着他的背影,期待他今后可能会有所改变。

请你静静地和你的心在一起,面对着你写下的期望中的父母的名字,去感受这种差异后面麇集的情愫。发现是改变的尖兵。

拒绝分裂

生活就是泥沙俱下，就是鲜花和荆棘并存。

分裂是个可怕的词。一个国家分裂了，那就是战争。一个家庭分裂了，那就是离异。一个民族分裂了，那就是苦难。整体和局部分裂了，那就是残缺。原野分裂了，那就是地震。天空分裂了，那就是黑洞。目光分裂了，那是斜眼。思想和嘴巴分裂了，那就是精神病，俗称"疯子"。

早年我读医科的时候，见过某些精神病人发作时的惨烈景象，觉得"精神分裂症"这个词欠缺味道，还不够淋漓尽致入木三分，随着年龄的增长和阅历的丰富，这才知道"分裂"的厉害。

分裂在医学上有它特殊的定义，这里姑且不论。用通俗点的话说就是在我们的心灵和身体里，存在着两个司令部。一个命令往东，一个命令往西或是往南，也可能往北。如同十字路口有多组红绿灯在发号施令，诸如车横冲直撞，大危机就随之出现了。

分裂耗竭我们的心理能量，使我们衰弱和混乱。有个小伙子，人很聪明敏感，表面上也很随和，从来不同别人发火。他个儿矮人黑，大家就给他起外号，雅的叫"白矮星"，简称"小白"；俗的叫"碌碡"，简称"老六"。由于他矮，很多同学见到他，就会不由自主地胡噜一下他的头发，叫一声"六儿"或是"小白"，他不恼，一概应承着，附送谦和的微笑，因而人缘很好。终于，有个外校的美丽女生，在一次校际联欢时，问过他的名字后，好奇地说："你并不姓白，大家为什么称你'小白'？"这一次，他面部抽搐，再也无法微笑了。女生又问他是不是在家排行第六，他什么也没说，猛地转身离开了人声鼎沸的会场。第二天早上，在校园的一角发现了他的尸体。人们非常震惊，百思不得其解，有人以为是谋杀。在他留下的日记里，述说着被人嘲弄的苦闷，他写道："为什么别人的快乐要建立在我的痛苦之上？每当别人胡噜我头顶的时候，我都恨不得把他的爪子剁下来。可是，我不能，那是犯罪。要逃脱这耻辱的一幕，我只有到另一个世界去了……"

大家后悔啊！曾经摸过他头顶的同学，把手指攥得出血，当初以为是亲昵的小动作，不想却在同学的心里刻下如此深重的创伤，直到绞杀了他的生命。悔恨之余，大家也非常诧异他从来没有公开表示过自己的愤怒。哪怕只有一次，很多人也会尊重他的感受，收回自己的轻率和随意。

这个同学表面上豁达，内心悲苦，就是一个典型的分裂状态。

如果你不喜欢这类玩笑和戏耍,完全可以正面表达你的感受。我相信,绝大多数的人会郑重对待,改变做法。当然,可能部分人会恶作剧地坚持,但你如果强烈反抗,相信他们也会有所收敛。那些忍辱负重的微笑,如同错误的路标,让同学百无禁忌,终致酿成惨剧。

如果你愤怒,你就呐喊;如果你哀伤,你就哭泣;如果你热爱,你就表达;如果你喜欢,你就追求。

如果你愤怒,却佯作宽容,那不但是分裂,而且是混淆原则。如果你哀伤,却佯作欢颜,那不但是分裂,而且是对自己的污损。如果你热爱,却反倒逃避,那不但是分裂,而且是丧失勇气。如果你喜欢,却装出厌烦,那不但是分裂,而且是懦弱和愚蠢……

所有的分裂都是要付出代价的。轻的是那稍纵即逝的机遇,一去不复返。重的就像刚才说到的那位朋友,押上了宝贵的生命。最漫长而隐蔽的损害,也许是你一生郁郁寡欢沉闷萧索,每一天都在迷惘中度过,却始终不知道这是为什么。

一位女生曾与我谈起她的初恋。其实恋爱是一个古老的话题,地球上曾经生活过的几百亿人都曾遭逢。但每一个年轻人,都以为自己的挫败独一无二。女生说她来自小地方,为了表示自己的先锋和前卫,在男友的一再强求下,和他同居了。后来,男友有了新欢抛弃了她。在极端的忧虑和愤恨之下,女生预备从化工商店买一瓶硫酸。

"你要干什么？"我说。

"他取走了我最珍贵的东西，我要把他的脸变成蜂窝。"该女生布满红丝的眼睛中含有一种母豹的绝望。

我说："最珍贵的东西，怎么就弄丢了？"

女生语塞了，说："我本不愿给的，但怕他说我古板不开放，就……"

我说："你要做一个先锋女性，据我所知，这样的女性对无爱的男友，通常并不选择毁容。"

女生说："可我忍不了。"

我说："这就是你矛盾的地方了。你既然无比珍爱某样东西，就要千万守好，深挖洞，广积粮，藏之深山。不要被花言巧语迷惑，假手他人保管。你骨子里是个传统的女孩，你须尊重自己的选择。如果真要找悲剧的源头，我觉得你和男友在价值观上有所不同。你在同居的时候崇尚'解放'，蔑视传统的规则。你在被遗弃的时候，又记起了古老的道德。我在这里不做价值评判，只想指出你的分裂状态。你要毁他容颜，为一个不爱你的人，去违犯法律伤及生命，这又进入一个可怕的分裂状态了。人们认为恋爱只和激情有关，其实它和我们每个人的历史相连。爱情并不神秘，就是每个人背负着自己的世界观走向另一个人。"

世上也许没有绝对的对和错，但有协调和混乱之分，有统一和分裂的区别。放眼看去，在我们周围，有多少不和谐不统一的情形,在蚕食着我们的环境和心灵。

我们的身体埋藏着无数灵敏的窃听器,在日夜倾听着心灵的对话。如果你生性真诚,却要言不由衷地说假话,天长日久,情绪就会蒙上铁锈般的灰尘。如果你不喜欢一项工作,却为金钱和物质埋首其中,你的腰会酸,你的胃会痛,你会了无生活的乐趣,变成一架长着眼睛的机器。如果你热爱大自然,却被幽闭在汽油和水泥构筑的城堡中,你会渐渐惆怅枯萎,被榨干了活泼的汁液,压缩成标本。如果你没有相濡以沫的情感,与伴侣漠然相对,还要在人前做举案齐眉、恩爱夫妻状,那你会失眠,会神经衰弱,会婚姻不和……

这就是分裂的罪行。当你用分裂掩盖了真相,呈现出泡沫般的虚假繁荣之时,你的心在暗中哭泣。被挤压的愁绪像燃烧着的余烬,无声地蔓延火蛇。它会在将来的某一个瞬间,嘭地燃放烈焰。野火四处舔舐,烧穿千疮百孔的内心。

分裂是种双重标准。有人以为我们的心很大,可以容得下千山万水。不错,当我们目标坚定人格统一的时候,的确是这样。但当我们为自己设下了相左的目标时,那相互抵消的劲道就会撕扯我们的心,让它皱缩成团,局促逼仄窒息难耐。

人是很奇怪的动物。如果你处在分裂的状态,你又要掩饰它,你就会不由自主地变得虚伪。我听一位年轻的白领小姐说,她的主管无论在学识还是人品上,都无法让她敬佩,可人在矮檐下,不得不低头。她怕主管发现自己的腹诽,就格外地巴结讨好,甚至谄媚,结果虽然如愿以偿地加了薪,可她却不快乐。

我说:"你可以只对她表示职务上、工作上的服从和尊重,而不臧否她的人品。"

白领小姐说:"我怕她不喜欢我。"

我说:"那你喜欢她吗?"

白领小姐很快回答:"我永远不会喜欢她。"

我说:"其实,我们由于种种的原因,不喜欢某些人,是完全正常的事情。不喜欢并不等于不能合作。如果你和你所不喜欢的上司,只保持单纯而正常的工作关系,这就是统一。但要强求如沐春风亲密无间,这就是分裂,它必然带来情绪的困扰和行动的无所适从。其结果,估计你的主管也不是个愚蠢的女人,她会察觉出你的口是心非。"

白领小姐苦笑说:"她已经这样背后评价我了。"

分裂的实质常常是不能自我接纳。我们压抑自己的真实感受,以为它是不正当不光彩的,我们用一种外在的标准修正自己的心境和行为。这其实是一种自我欺骗,既委屈了自己,也不能坦然对人。

有人说:"找工作时,我想到这个单位,又想到那个机构,拿不定主意。要是能把两个单位的优点都集中到一起,就比较容易选择了。"

有人说:"找对象时,我想选定这个人,又想到那个人也不错。要是能把两个人的长处都放在一个人身上,那就很容易下定决心了。"

当我们举棋不定的时候,通常就是身处一种分裂状态。你想把现实的一部分像积木一样拆下来,将它和另一部分现实组装起来,成为一个虚拟的世界。

这是对真实一厢情愿的阉割。生活就是泥沙俱下,就是鲜花和荆棘并存。尊重生活的本来面目,接受一个完整统一的真实世界,由此决定自己矢志不渝的目标,也许是应对分裂的法宝之一。

对自己诚实一点

你装得了一时三刻,却没有法子永远生活在一个不属于你的光环中。

当你企图在两个不同的自我之间游走时,你在生活中的形象就变得复杂混乱,你面临的形势也更加琢磨不透,甚至你的身体也无所适从了。

我们总是希图表现得比我们实际的情况要好一些。

好比我们小的时候,如果有客人要来,我们会被父母要求:"你要乖一些啊!"等到客人走了,父母会说:"好了,现在你可以放松一下了。"这些都是很平常的话,却在不知不觉中给我们留存了一个印象——你要在某些特殊的场合和人物面前,努力表现得比你实际拥有的状况更好。

什么是更好呢?

就是按照世俗的标准,我们要更聪明,更好学,更勤劳,更大度，更幽默，更有责任感，更勇敢，更……还可以举出更多的"更"。总之，是比你本人更完美。

这个主观动机可能并不是太坏。爱美之心，人皆有之嘛！

不过，这就形成了一个习惯。我们把一个不真实的自我呈现在别人面前，并以为这才是可爱的，才是有价值的。而那个真实的自我，则是上不得台面的残次品，是应该被掩藏和遮盖的。

这就是自我形象的分裂。我们不喜欢真实的自我，我们把一个乔装打扮的"假我"拿给大家看。当这个"假我"被人欢迎和夸赞的时候，我们一方面沾沾自喜，觉得自己成功地扮演了一个角色，而这个角色就是别人眼中的"我"；另外一方面，我们的自卑加重了，我们知道外界的评价都是给予那个不存在的"我"的，真实的我反倒像灰姑娘一样，躲在角落里捡煤渣。

长久下去，我们就变成了一个分裂的人。

这种现象，比比皆是。比如我们常常听到女性朋友说："结婚以后，他的真面目暴露出来了，我几乎不敢相信他和结婚前是同一个人。"

也有的领导会说："这个人是我招聘的，当时看他十分勤快，想不到真的走上岗位以后，却非常懒惰，毫无工作的主动性。"

以上这两个例子，最后是以离婚和炒鱿鱼作结。可见，伪装的自我，可以骗人一时，却不能矫饰久远，最后吃亏的还是你。

如果你觉得真实的自我还不够完善，那么最好的方法，是让自己渐渐变得完善起来,而不是敷衍、遮盖或欺骗。那样的话,自己很辛苦不说,离完美是越来越远。再有,天下的人都不是傻子,你装得了一时三刻,却没有法子永远生活在一个不属于你的光环中。一旦被人家识破,你就被减分更多。

我年轻的时候,心其实很累。因为总想表现得比自己真实的状态更好一些,便不由自主地要作假。明明不快乐,怕被人看出,以为是思想问题,就表现出欢天喜地的兴奋。对领导有意见,怕领导对自己看法不良,影响进步,就故意在领导面前格外卖力地工作。其实,那彼此的不融洽,大家心知肚明。在会议上有不同意见,因为判断出自己是少数,就放弃主见随大流,默不作声……凡此种种,以为是老练的举措,都让我做人辛苦,不胜其烦。

后来,终于明白了,要以自己的真实面目示人。没有必要取悦他人,没有必要委屈自己。这样做了以后,我本以为机会一定要少很多,因为抱定了破釜沉舟的决心,只求这一生做一个真实的自我,付出代价也认了。不想,却多了朋友,多了机缘。

思来想去,原来大家都更喜欢真实的东西。你真实了,自己安全了,也让他人觉得安全,机遇反倒萌生。从此,竭力真实。不但自己省力、省心,节省出的能量可以做更多的事情,而且成功的概率也高了起来。

面具后面的脸

人不能总在面具后面生活,特别是人对自己的面具要有清醒的认识,要知道哪些是面具,哪些是真实的自我。

参观新墨西哥州乔治亚·欧姬芙博物馆附设的女子艺术辅导学校。乔治亚·欧姬芙是美国最杰出的女画家之一,她的那幅《牛头骨和白玫瑰》表达着经典的凄美和让人战栗的死亡体验。在她去世后,博物馆遵照她的遗嘱开办了女子艺术辅导学校。

指导教师杰茜娅白发黑衣,举止卓尔不群,目光熠熠生辉。一句话,开门见山。她说:"我们开设的艺术指导课程,不仅仅是指导艺术,更是指导人的全面发展。比如,根据哈佛大学的研究,经过艺术训练的女生,她们的领导才能就有所加强。"

我很感兴趣,问:"这是为什么?艺术和领导,通常好像是不搭界的。"

杰茜娅说:"艺术让人的大脑全面发展,增强人的自信心。特别是女孩子,她们的艺术才能往往是比较突出的。如果受到重视,得到相应的训练,她们就会发现自己是有价值的。如果她们的艺术作品出色,就会不断地获奖。这样,她们就有了成功的经验。对一个孩子来说,什么最重要呢?就是有成功的经验,感觉到自己的价值。在正常的学校里,让孩子能有成功经验的机会并不是很多的。学习文法和数理化,是很枯燥的过程,很多孩子不适应。只有少数孩子能在常规的学习中感受到乐趣和成就感,大多数孩子会觉得自己不够聪明。可以这样说,常规的学习过程,给予孩子们失败的经验比较多。但是,学习艺术就不是这样了。首先我们相信一个大前提,那就是每一个孩子都必定有所长,它们冬眠着、潜伏着,等待人们的挖掘。不存在'有没有'的问题,是'一定有',只是需要发现。再者,艺术允许广阔的想象,没有统一的标准,关于成功的概念也是更为开放和宽松的。而且,孩子和成人谁离艺术的真谛更近一些呢?是孩子,她们对世界有直觉的把握,在创作的同时也更清晰地感觉到了真实的世界。她们在艺术中学习,这种成功的经验会蔓延开来,延展到她们生活的各个领域。"

这一番话,颇有醍醐灌顶之感。当我们的某些父母只是把艺术作为一种训练、一种特长,甚至当成一块高考就业的"敲门砖"的时候,杰茜娅她们已经巧妙地把它变成了赋予孩子最初成功体验的阶梯。

是啊，有什么比一个人，特别是一个孩子的体验和记忆更重要、更珍贵呢？回想我们的一生，所以会有种种命运，虽不敢说全部，但其中偌大一部分是源自我们童年经验的烙印。"精神分析派"的师长甚至不无悲观地说，每个人一生将要上演的脚本都已在我们6岁前的经历中秘密写定。如此说来，谁能改变一个孩子的童年体验，谁就能改变他眼中的世界和他人生的蓝图。

人的记忆是非常奇怪的东西。我们希望它记住的东西，它虚与委蛇，给你一个过眼云烟；我们希望它遗忘的东西，它执拗着，死心塌地铭记。记忆的钢钉就这样不由分说地楔入灵魂最软弱的地方，却从那里发布一道道指令，陪伴你到永远。背负无法选择的记忆，挺进在人生的曲径上。记忆是有魔法的，它轻而易举地决定着我们的好恶，指导着我们的行动，规定着我们的决策，甚至操纵着我们的生涯……

中国有句俗话，叫作"三岁看老"，看来和弗洛伊德老先生的学说有异曲同工之妙。这话有前瞻之明，但也有掩饰不住的悲观和宿命。3岁之前，孩子在无知无识中酿出了怎样咸苦的卤水，让他的一生决定于此？或者反过来说，面对一个孩子，成人世界有什么力量可以润物细无声地沁入思维的草地，从此染绿他一生的春秋？

杰茜娅女士的话正是在这个微妙的层面给我启迪和震撼。如果说教育是一种外在的渗透，那么，让孩子们深入艺术的创造之中去，就生出了内在的事半功倍的奇效。让蛰伏内心的翅膀舒展开来，让成功的霞光照亮漆黑的眸子，让最初的成功烙在心扉的玄关……童年的珍藏就会在漫长的岁月发酵，香飘一路。

面对着这样的理论和尝试，我肃然起敬。

我说："你这里走出多少艺术家？"

杰茜娅说："我从来没有统计过。"

我说："哦，她们还小。艺术的成功要很多年后才见分晓。我知道现在谈这些，一切都为时过早。"

杰茜娅说："不仅因为统计操作上的困难。开办这所学校并不是为了从小培养出几个艺术的天才，而是为了更多的孩子生活中多一些阳光和快乐，发展健全的人格。我把孩子们的艺术品都保存了起来。其实，对她们来说，这些并不是艺术，是另外一种心灵的表达。她们并不是为了成为艺术家才进行创造的，她们把艺术当成了心灵的一部分。但是，这不正是艺术最原始、最根本的标志吗？"

我说："能否让我看看孩子们的艺术创造？"

杰茜娅说："好吧，请跟我来，在仓库里。"

那一天是休息日，宽敞的校舍里没有一个人。我走在寂静的走廊，忽然生出心灵探险的感觉。想象不出我将看到的是怎样的作品，但我确知那是一扇扇年轻的珠贝分泌出的珍珠，不论它们圆还是不圆。

杰茜娅捧出一摞石膏面具。我说:"这是什么?"

杰茜娅说:"这是我们做过的一次练习,题目是《面具后面的脸》。"

我说:"这个题目很有意思啊。"

杰茜娅说:"是这样的。孩子们渐渐长大的过程,也就是她们对成人世界渐渐认识的过程。她们脱去了最初的纯真,学会戴上了面具,没有面具是不可能和不现实的。但是,人不能总在面具后面生活,特别是人对自己的面具要有清醒的认识,要知道哪些是面具,哪些是真实的自我。明白自己的面具是怎么来的,如果有可能,要将面具减到最少。要使真我和面具尽可能地统一起来。总之,就是对面具有一个明白的认识和把握,不能让面具主宰一切。"

很深刻,也很玄妙。我说:"能让我看一个具体的孩子的创作吗?"

杰茜娅说:"好啊。"说完,她就从一摞面具中挑选出了一个递给我。

这是一个美丽的面具。石膏模型的正面是如花的笑脸,挑起的眉梢,长而上翘的睫毛,桃色的腮和银粉的唇,各种色彩涂得很到位、很和谐,甚至可以说是性感的。

我说:"很美。"

杰茜娅说:"是啊。这个女生的名字我不告诉你,就叫她安娜吧。安娜在人前就是这个样子，可是你看看面具的后面。"

我把面具翻了过来。在面具的凹面中，填满了石子和羽毛。石子是尖锐和粗糙的，棱角分明；羽毛肮脏残破，绝非常见的蓬松，支支像劣质的鹅毛笔，横七竖八地戳着；特别是在面具背后的眼眶下面，画着一串串黑色的水滴，每一滴都拖着细长的尾巴，仿佛蝌蚪正从一个黑色的湖泊源源不断地游出来……

这个没有一个字一句话的面具，如同医院做冷冻治疗的雾气，把一种彻骨的寒冷传递到我的手掌。

是的，这就是安娜的内心，她的另一张面孔，更真实的面孔。她的母亲患癌症去世了。安娜目睹了她从患病到死亡的极端痛苦的过程，这使她深受刺激。她的父亲酗酒，夜夜醉得不省人事，她只能寄居在亲戚那里。她每天都在微笑，是一个人见人爱的孩子，她生怕别人不喜欢她。如果没有这种艺术的创造和表达，大概没有人知道她的痛苦。她被压抑的内心在这种创造中得到了舒缓，也使她认识到自己的分裂和冲突。她开始调整自己，认识到母亲的去世并不是自己的过错，她并不负有让别人都喜欢她的使命。她可以在人前流泪，也可以直率地表达自己，她有这个权利。

听到杰茜娅女士说到这里，我才深深地呼出了一口气。是的，你能说这不是艺术吗？不能。你能说这是简单的艺术吗？不能。孩子和艺术就这样天衣无缝地黏合在一起，艺术成了生活的一部分。这样的艺术直击心扉。

我说:"还有吗?我非常喜欢你和孩子们的创意。"

杰茜娅说:"这里还有女孩子画的画。是命题的画,题目就叫《80岁的奶奶》。乔治亚·欧姬芙说过,颜色和语言的意义是不一样的,颜色和形状比文字更能下定义。"

我说:"是请一位老奶奶做模特,让孩子画她吗?"

杰茜娅说:"没有老奶奶做模特,或者说,模特就是她们自己。"

我说:"此话怎讲?"

杰茜娅说:"我要求每个孩子对着镜子,想象自己80岁时候的模样。要画得像,让别人一看就知道那是你;要画出沧桑和岁月的痕迹,还要画出你的职业和家庭对你的影响。因为这些随着年龄的增长,都会在人的相貌上体现出来。当然了,在画画之前,你要为自己写出一个小传。80岁的人不是凭空变成的,是经历了很多过程的人。你要心中有数,知道她到底走过了怎样的人生,你才能画好她。"

我说:"真是有趣得很。您的目的是什么呢?"

杰茜娅说:"除了画画的基本技巧以外,我想让女孩子知道衰老是正常的,不是可怕的。只要她们活着,就一定会变老。她们将在自己光滑的额头上画出密密的皱纹,那是岁月赠送的不可拒绝的礼物,特别是她们将要思考自己的一生怎样度过,做什么职业,成为什么样的人,包括希望建立怎样的家庭。"

我说:"我明白了,孩子是在这幅画里画出自己的理想和人生。我可以看看她们的画吗?"杰茜娅拿出了厚厚的画稿。

她飞快地翻动。于是,我看到一位位老媪,额头和嘴角都有夸张的皱纹。头发稀疏,皮肤松弛,白发苍苍,面带微笑……在这群苍老的女人画像下面,是她们各自的小传。有女滑冰运动员、女服装设计师、女汽车制造商、女医生、女律师……有一幅最有趣,一位老奶奶的膝下围着无数的孩子,我说:"这位老奶奶是开幼儿园的吗?"

杰茜娅说:"不是。这位女生的理想就是要生这么多的孩子。"

那一瞬我非常感动,试着想想这些画的创作过程吧。一些嫩绿的叶子,对着镜子观察着自己的脸庞,然后迅速地画下脸部的轮廓,然后就是长久的沉默。她们一笔笔地在这张青春勃发的面庞上,刀刻般地画出皱纹,每一笔都是挑战和承诺。在生命的这一头,眺望生命的那一头,万千感受聚集一心,从郁郁葱葱到黄叶遍地。

"我看见被乌云藏起的月亮,我听见在水下游泳的风,我哭泣,因为我是古堡里的蚯蚓……"杰茜娅朗诵了一首女孩子创作的诗。

"艺术不仅是技术,更是灵魂的栖息之地。"配以一个有力优雅的手势,杰茜娅结束了她的谈话。

我很重要

重要并不是伟大的同义词，它是心灵对生命的允诺。

当我说出"我很重要"这句话的时候，颈项后面掠过一阵战栗，我知道这是把自己的额头裸露在弓箭之下了，心灵极容易被别人的批判洞伤。

许多年来，没有人敢在光天化日之下表示自己"很重要"。我们从小受到的教育都是——"我不重要"。

作为一名普通士兵，与辉煌的胜利相比，我不重要。

作为一个单薄的个体，与浑厚的集体相比，我不重要。

作为一位奉献型的女性，与整个家庭相比，我不重要。

作为随处可见的人的一分子，与宝贵的物质相比，我们不重要。

当我在国外的一份刊物上看到"一个人的价值胜于整个世界"的口号时，曾大惑不解。

我们——简明扼要地说，就是每一个单独的"我"——到底重要还是不重要？

我是由无数星辰日月草木山川的精华汇聚而成的。只要计算一下我们一生吃进去多少谷物，饮下了多少清水，才凝聚成一具美妙的躯体，我们一定会为那数字的庞大而惊讶。平日里，我们尚要珍惜一粒米、一叶菜，难道可以对亿万粒菽粟、亿万滴甘露濡养出的万物之灵，掉以丝毫的轻心吗？

当我在博物馆里看到北京猿人窄小的额和前凸的吻时，我为人类原始时期的粗糙而黯然。他们精心打制出的石器，用今天的目光看来不过是极简单的玩具。如今很幼小的孩童，就能熟练地操纵语言，我们才意识到已经在进化之路上前进了多远。我们的头颅就是一部历史，无数祖先进步的痕迹储存于脑海深处。我们是一株亿万年苍老树干上最新萌发的绿叶，不单属于自身，更属于土地。人类的精神之火，是连绵不断的链条，作为精致的一环，我们否认了自身的重要，就是推卸了一种神圣的承诺。

回溯我们诞生的过程，两组生命基因的嵌合，更是充满了人所不能把握的偶然性。我们每一个个体，都是机遇的产物。

常常遥想，如果是另一个男人和另一个女人，就绝不会有今天的我……

即使是这一个男人和这一个女人，如果换了一个时辰相爱，也不会有此刻的我……

即使是这一个男人和这一个女人在这一个时辰,受到一片小小落叶或是清脆鸟啼的打搅,依然可能不会有如此的我……

一种令人怅然以至走入恐惧的想象,像雾霭一般不可避免地缓缓升起,模糊了我们的来路和去处,令人不得不断然打住思绪。

我们的生命,端坐于概率垒就的金字塔的顶端。面对大自然的鬼斧神工,我们还有权利和资格说我不重要吗?

对于我们的父母,我们永远是不可重复的孤本。无论他们有多少儿女,我们都是独特的一个。

假如我不存在了,他们就空留一份慈爱,在风中蛛丝般飘荡。

假如我生了病,他们的心就会皱缩成石块,无数次向上苍祈祷我的康复,甚至愿灾痛以十倍的烈度降临于他们自身,以换取我的平安。

我的每一滴成功,都如同经过放大镜,进入他们的瞳孔,射入他们心底。

假如我们先他们而去,他们的白发会从日出垂到日暮,他们的泪水会使太平洋为之涨潮。

面对这无法承载的亲情,我们还敢说我不重要吗?

我们的记忆,同自己的伴侣紧密地缠绕在一处,像两种混淆于一碟的颜色,已无法分开。你原先是黄,我原先是蓝,我们共同的颜色是绿,绿得生机勃勃,绿得苍翠欲滴。失去了妻子的男人,胸口就缺少了生死攸关的肋骨,心房裸露着,随着每一阵轻风滴血。失去了丈夫的女人,就是齐斩斩折断的琴弦,每一根都在雨夜长久地自鸣……

面对相濡以沫的同道,我们忍心说我不重要吗?

俯对我们的孩童,我们是至高至尊的唯一。我们是他们最初的宇宙,我们是深不可测的海洋。假如我们隐去,孩子就永失淳厚无双的血缘之爱,天倾东南,地陷西北,万劫不复。盘子破裂可以粘起,童年碎了,永不复原。伤口流血了,没有母亲的手为他包扎。面临抉择,没有父亲的智慧为他谋略……

面对后代,我们有胆量说我不重要吗?

与朋友相处,多年的相知,使我们仅凭一个微蹙的眉尖、一次睫毛的抖动,就可以明了对方的心情。假如我不在了,就像计算机丢失了一份不曾复制的文件,她的记忆库里留下不可填补的黑洞。夜深人静时,手指在揿了几个电话键码后,骤然停住,那一串数字再也用不着默诵了。逢年过节时,她写下一沓沓的贺卡。轮到我的地址时,她闭上眼睛……许久之后,她将一张没有地址只有姓名的贺卡填好,在无人的风口将它焚化。

相交多年的密友,就如同沙漠中的古陶,摔碎一件就少一件,再也找不到一模一样的成品。面对这般友情,我们还好意思说我不重要吗?

我很重要。

我对于我的工作我的事业,是不可或缺的主宰。我的独出心裁的创意，像鸽群一般在天空翱翔，只有我才捉得住它们的羽毛。我的设想像珍珠一般散落在海滩上，等待着我把它们用金线穿起。我的意志向前延伸，直到地平线消失的远方……

没有人能替代我，就像我不能替代别人。

我很重要。

我对自己小声说。我还不习惯嘹亮地宣布这一主张，我们在不重要中生活得太久了。

我很重要。

我重复了一遍。声音放大了一点。我听到自己的心脏在这种呼唤中猛烈地跳动。

我很重要。

我终于大声地对世界这样宣布。片刻之后，我听到山岳和江海传来回声。

是的，我很重要。我们每一个人都应该有勇气这样说。我们的地位可能很卑微，我们的身份可能很渺小，但这丝毫不意味着我们不重要。

重要并不是伟大的同义词，它是心灵对生命的允诺。

对于一株新生的树苗，每一片叶子都很重要。对于一个孕育中的胚胎，每一段染色体碎片都很重要。甚至驰骋寰宇的航天飞机，也可以因为一个油封橡皮圈的疏漏而凌空爆炸，你能说它不重要吗？

人们常常从成就事业的角度，断定我们是否重要。但我要说，只要我们在时刻努力着，为光明在奋斗着，我们就是无比重要地生活着。

让我们昂起头，对着我们这颗美丽的星球上无数的生灵，响亮地宣布——

我很重要。

没有一棵小草自惭形秽

草是卑微的,但卑微并非指向羞惭。

有一封信很有趣,她问我:"毕老师,你有没有自卑呢?如果有,具体是些什么呢?你如何对付你的自卑呢?"

我必须面对这个问题坦白交代。不但有,还很多。

上中学时,我因为自己的外语成绩不好而自卑。那时我就读于北京外国语学院附属学校,很多同学的家长都是外交官,他们从小就受到外语的熏陶,可我父亲是军人,连一句外文的"你好"都不会说。因为这种自卑,有一段时间,我很想转学。每天上课想的就是怎样才能有几门功课不及格,转到外校去。

我因为自己做手术时速度不够快而自卑。当实习医生的时候,我和另外一位同学一组,他以前当过木匠,做外科手术的时候,手起刀落别提多利索了。每逢我和他同台手术的时候,护士长都要说:"毕淑敏别看你理论不错病历写得好,真到做手术的时候,你就差得远了！"搞得我心灰意懒，都怀疑自己是不是当医生的料。

我还因为自己身高体胖而自卑，因为每逢到街上买衣服的时候，售货小姐充满歧视地一瞥，对我说"我们这里没您能穿的号，到别处去看看吧"，我都会生出羞愧之感，好像买不到衣服是自己的错。这样连续被打击了几次之后，我就不愿上街买衣服，觉得自讨其辱……

其实要说的自卑之事还多着呢，要是一直写下去，再写多少行也写不完啊。

如何应对自卑？

俗话说，道高一尺魔高一丈，自卑在哪里出现，咱们就在哪里把它化为力量。每一片树叶都有自己存在的理由。

到大自然中去看看吧。你看到过一片自卑的树叶吗？你看到过一株自卑的小草吗？你看到过一朵自卑的花和一只自卑的蚂蚁吗？我曾经写过一篇小文章，谈这个问题的，附在后面，算作这篇文章的结尾吧。

被人邀请去看一棵树，一棵古老的树。大约有5000年的历史，已被唐朝的地震弯折了腰，半匍匐着，依然不倒，享受着人们尊敬的注视。

我混在人群中直着脖子虔诚地仰望着古树顶端稀疏的绿叶，一边想，人和树相比是多么地渺小啊。人生出来，肯定比一粒树种要大很多倍，但人没法长得如树般伟岸。在树小的时候，人很容易就把树枝包括树干折断，甚至把树连根拔起，树就结束了生命。就算是小树长成了大树，归宿也是被人伐了去，修成各种各样实用的物件。长得好的树，花纹美丽木质出众，也像美女一样，红颜薄命，被人劫掠的可能性更大，于是很多珍贵的树种濒临灭绝。在这一点上，树是不如人的。美女可以人造，树却是不可以人造的。

树比人活得长久，只要假以天年，人是绝对活不过一棵树的。树并不以此傲人，爷爷种下的树，照样以硕硕果实报答那人的孙子或是其他人的后代。

通常情况下，树是绝对不伤人的。即便如前几天报上所载一些村民在树下避雨，遭了雷击致死，那元凶也不是树，而是闪电，树也是受害者。人却是绝对伤树的，地球上森林数量的锐减就是明证，人成了树的天敌。

树比人坚忍。在人不能居住的地方，树却裸身生长着，不需要炉火或是空调的保护。树会帮助人的，在饥馑的时候，人扒过树的皮以充饥，我们却从未听到过树会扒下人的什么零件的传闻。

很多书籍记载过这棵古树，若是在树群里评选名人的话，这棵古树一定名列前茅了。很多诗人词人咏颂过这棵古树，如果树把那些词句都当作叶子一般披挂起来，一定不堪重负。唐朝的地震不曾把它压倒，这些赞美会让它扑在地上。

树的寿命是如此长久，居然看到过妲己那个朝代的事情。在我们死后很多年，这棵古树还会枝叶繁茂地生长着。一想到这一点，无边的嫉妒就转成深深的自卑。作为一个人活不了那么久远，伤感让我低下头来，于是我就看到了一棵小草，一棵长在古树之旁的小草。只有细长的两三片叶子，纤细得如同婴儿的睫毛。树叶缝隙的阳光打在草叶的几丝脉络上，再落到地上，阳光变得如绿纱一样轻盈了。

这样一棵柔弱的小草，在这样一棵神圣的树底下，一定该俯首称臣毕恭毕敬了吧？我竭力想从小草身上找出低眉顺眼的谦卑，最后以失望告终。这棵不知名的小草，毫无疑问是非常渺小的。就寿命计算，假设一岁一枯荣，老树很可能见过小草5000辈以前的祖先。就体量计算，老树抵得过千百万小草集合而成的大军。就价值来说，人们千里万里路地赶了来，只为瞻仰老树，我敢肯定没有一个人是为了探望小草。

既然我作为一个人，都在古树面前自惭形秽了，小草你怎能不顶礼膜拜？我这样想着，就蹲下来看着小草。在这样一棵历史久远声名卓著的古树身边与之为邻，你岂不要羞愧死了？

小草昂然立着，我向它吐了一口气，它就被吹得蜷曲了身子，但我气息一尽，它就像弹簧般伸展了叶脉，快乐地抖动着。我再吹一口气，它还是在弯曲之后怡然挺立。我悲哀地发现，不停地吹下去，有我气绝倒地的一刻，小草却安然。

草是卑微的，但卑微并非指向羞惭。在庄严的大树身旁，一棵微不足道的小草都可以毫不自惭形秽地生活着，何况我们万物灵长的人类！

每只小狗都有一个目标

自我价值从属于你的目标,一个连目标都没有的人,又何谈价值呢!

有一对夫妇,有两个孩子,一个叫莎拉,一个叫克里斯蒂。当孩子还小的时候,父母决定为他们养一只小狗。小狗抱回来以后,他们就请朋友帮忙训练这只小狗。在第一次训练前,女驯狗师问:"小狗的目标是什么?"夫妻俩面面相觑,很是意外,嘟囔着说:"一只小狗的目标?当然就是当一只狗了。"他们实在想不出狗还有什么另外的目标。女驯狗师极为严肃地摇了摇头说:"每只小狗都得有一个目标。"

夫妇俩商量之后,为小狗确立了一个目标:白天和孩子们一道玩,夜里看家。后来,小狗被成功地训练成了孩子的好朋友和家的守护神。

这对夫妇就是美国的前任副总统阿尔·戈尔和他的妻子迪帕。

他们牢牢地记住了这句话——做一只狗要有目标,更何况是做一个人。

在现实生活中,却有太多太多的人,没有目标。其实寻找目标并不是一件太难的事,关键是你要知道天下有这样一件唯此为大的事然后尽早来做。正是你自己需要一个目标,而不是你的父母或是你的老师或是你的上级需要它。它的存在,和别人的关系都没有和你的关系那样密切。也就是说,它将是你最亲爱的伙伴,与其血肉相连的程度绝对超过了你和你的父母,你和你的妻子儿女,你和你的同伴及领导的关系。你可能丧失了所有的财产和所有的亲人,但只要你的目标还在,你就还有一个完整的系统存在,你就并不孤独和无望。

我们常常把别人的期待当成了自己的目标,孩童时,这几乎是顺理成章的。但是,你会渐渐地长大,无论别人的期望怎样美好,它也不属于你。除非有一天,你成功地在自己的心底移植了这个期望,这个期望生根发芽,长成了你的目标。那时,尽管所有的枝叶都和原本的母本一脉相承,但其实它已面目全非,它的灵魂完完全全只属于你,它被你的血脉所濡养。

我们常常把世俗的流转当成自己的目标。这一阵子崇尚钱,你就把挣钱当成自己的目标。殊不知钱只是手段而非目标,有了钱之后,事情远远没有结束。把钱当成目标,就是把叶子当成了根。目标是终极的代名词,它悬挂在人生的沙海之中,你向着它航行，却永远不会抵达。你的快乐就在这跋涉的过程中流淌，而并非把目标攫为己有。从这个意义上说，钱不具备终极目标的资格。过一阵子流行美丽，你就把制造美丽保存美丽当成了目标。殊不知美丽的标准有所不同，美丽是可以变化的，目标却是相当恒定的。美丽之后你还要做什么？美丽会褪色，目标却永远鲜艳。

有人把快乐和幸福当成了终极目标，我觉得这也值得推敲。快乐并不只是单纯的快感，类乎饮食和繁殖的本能。科学家们通过研究，发现最长远最持久的快乐，来自每个人自我价值的体现。而毫无疑问，自我价值从属于你的目标，一个连目标都没有的人，又何谈价值呢！

一棵树的目标也许是雕成大厦的栋梁，也许是撑一把绿伞送人阴凉，也许是化作无数张白纸传递知识，也许是制成一次性筷子让人大快朵颐……还有数不清的可能，我们不是树，我们不可能穷尽也不可能明白树的心思。我们是人，我们可以为自己确立一个目标，这是做人的本分之一。有一位女子曾经说过，出名要趁早。我看，确立目标也要趁早。

你是否需要预知今生的苦难

我们可以预知的只是自己应对苦难和幸福的态度。

那天晚上,比尔请客。

比尔是外交部的官员,负责接待安排我们在纽约的活动。比尔衣着朴素,脸上永远是温和厚道的笑容。当我们从纽约火车站出来的时候,看到的就是这种笑容。他帮我们推着沉重的行囊,在人群中穿行。当他护送我们到哈林区的贫民学校访问的时候,脸上也是这样的笑容。当我要离开纽约,担心一大堆资料无法带走的时候,又是比尔温暖的笑容帮我解决了难题,他答应为我将资料海运回中国。我要给比尔运费,比尔显出很不好意思的神情。我给了他二十美元之后,他说什么也不肯再要了。

比尔请我们在一家中餐馆用饭。比尔说,这是纽约最好的中餐馆之一。

我对请一个出访在外的游客吃故国饭食这事,一直持不同意见。比如一个日本人到中国访问，才从东京飞出来两个小时，到北京落地之后，被人请到一家日本料理店，吃一顿风味走了样的日本饭，他的感觉必不会太好。同理，我在国外出访，最怕的就是吃那种改良后的中餐。无论色香味都发生了变异，还不如吃根本就与我们不是同宗同族的西餐，因为有了准备，舌头和肚肠的宽容度反倒大些。中餐就吓人了，上来一个鱼香肉丝，当你做好了将尝到熟悉的川味的准备时，一个冷不防，居然袭来奶油的甜香，所受的惊吓足以让你怀疑自己的神经。

比尔在中餐桌上是有发言权的，因为比尔的妻子是一位香港女性。这的确是我在美国吃得最好的中餐之一。席间，聊到一个有趣的话题：人是否需要预先知道今生的苦难？

同桌的一位朋友说，他认为如果有可能，他愿意预知一生的苦难。理由是，凡事预则立，不预则废。知道了，有什么坏处呢？没有。并不会因为你的预知，就让你的灾难变得更多或者减少，那么，你多知道一点，就对自己的人生多了一份把握，该是好事。

闷头吃饭的比尔，突然大叫了一声："No！"

这是我唯一的一次，在比尔的脸上看到的不是笑容，而是愤怒和凄楚。

当然，比尔的愤怒不是针对那位朋友。比尔放下了筷子，对我们说：

"很多年前，我和我的妻子，在香港抽签请人算命。那人是一个和尚,他看了我妻子的签说,你会早死。看了我的签说,你会老死。

"你们知道早死和老死的区别吗?自从听了那和尚的话,我的妻子就对我说:'比尔,我会比你先死。因为我是早早死去,而你是老死,你要活很大的年纪。'我说:'你不要相信这话,那个人是胡说。我会和你白头偕老,如果有个人一定要先死去,那就是我,因为你比我年轻。'但是前不久,我的妻子生了喉癌。那是因为她年幼的时候,家中很穷困,没有菜,就吃咸鱼。咸鱼很小,有很多刺,鱼刺刺伤了她的喉咙。久而久之,就生成了癌症。妻子走了,留下我,等着我的'老死'。"

比尔说得非常伤感。朋友们缄默了许久,寄托对比尔妻子的深切悼念。我听出了比尔话后面的话。很多年来,关于"早死"和"老死"的谶语,就盘旋在他们的头顶。他们本能地畏惧这朵乌云,乌云尖利的牙齿,咬破了他们最快乐的时光。每当幸福莅临的时刻,惴惴不安也如约袭来。因为他们太珍惜幸福,就越发迅疾地想到了那不祥的预言。如果他们不知道那命运的安排,如果当年没有那老和尚的多此一举,比尔和他妻子的美好时光,也许会更纯粹更光明。

我不知道我想的是否符合实际,我也不敢向比尔求证。

我把此事写到这里,是想再次问自己也问他人,我们是否需要预知今生的苦难?

大多数人是取席间的那位朋友的观点，还是像比尔一样说No？

我站在比尔一边。不单是从技术层面上讲，我们无法预知今生的苦难，我们也无法预知今生的幸福。就是有人愿意告诉我，把我一生的苦难，用了不同的簿子，将它们分门别类地列出，苦难用黑墨水，幸福用红墨水，一一书写量化；或者是轻声细语地娓娓道来，苦难用叹息，幸福用轻轻的笑声；想来，我也会在这种簿子面前闭上眼睛，在这种命运的告诫面前，堵上自己的耳朵。生命是我自己的东西，甚至可以说是我仅有的东西，我不希望别人来说三道四。我注重的是过程，在这个过程中，我感到自己的价值。我们可以预知的只是自己应对苦难和幸福的态度。此时此地，这是我们能掌握的唯一。知道了又怎样？不知道又怎样？生命正是因为种种的不知道和种种的可能性，才变得绚烂多姿和魅力无穷。你依然要生活下去，依然要向前走。变化是无法预料的，世界充满了不可捉摸的可能。能够把握的只是我们自己。

那一天比尔离去的时候，带走我沉甸甸的资料。比尔一手拎着资料，一手提着他不离身的书包。他的书包在纽约的大街上显得奇特而突兀。那是一个简单的布包，上面用汉字写着：天府茗茶。

在纽约看到比尔的所有时刻，他都拎着这个布包，突然想问问比尔，这是不是他妻子很喜欢的一件东西？

第二章

释放情绪,让卡住的生活流动起来

千头万绪是多少

把它们理清，一一列出对策，就可以逐一攻克了。

千头万绪这个词，有一种沸沸扬扬的夸张和缠人喉咙的窒息感，让人心境沮丧，捉襟见肘，好像一个泥潭。不留神陷进去，会被它淹了口鼻，呛得翻白，甚或丢了性命，也说不定。

现代人很常用——或者简直就是爱好用这个词，来描绘自己的生存状况。常常听到人们说自己的处境千头万绪，要干的工作千头万绪，待处理的事务千头万绪，需承担的责任千头万绪……千头万绪几乎成了一条癞皮狗，死打烂缠地咬住每位现代人的脚后跟，斥之不去。

千头万绪是一个主观的判断，一个夸张的形容。难道对一个普通人来说，世上就真有一万件事，非得你御驾亲征不可？

当我们认定自己进入了千头万绪这一局面的时候，心就先慌了。披头散发，眉毛胡子一把抓，天空也随之阴霾。因为紧迫，就慌不择路。结果是线头越搅越多，原本可以解开的结，也成了死扣。

千头万绪有一种邪恶的威慑力，恐惧和慌乱是它的左膀右臂。一旦被这几个魔头统治了心神，我们在灾难的海市蜃楼面前，往往顿失镇定和勇气。

我认识一位女友，当她说到自己近况时，脸色晦暗，手指颤抖，嘴唇也无目的地扭曲了，显出干涸辙印中小鱼的表情。

她的确是遇到了足够的麻烦。丈夫外遇十年，儿子即将高考，模拟成绩很不理想。她接手奋战了一年的科研项目，已到了关键时刻。她的高血压又犯了，整天头晕。昨天上街由于精神恍惚，被小偷割裂了书包，偷走了上千元钱。她的邻居在装修房屋，每天电钻声吵得人耳鼓爆炸……

"有的时候，真想一死了之！千头万绪啊，我看不到一点光明！"她这样说着，狠狠捶击着自己的太阳穴。

我说："我能体会到你心中的痛楚和无奈。你想改变这一切，但感到自己的绝望和孤独。我们先找到一张白纸，把你最感痛苦烦恼的事件写下来，然后我们看看，有什么办法可以逐个解决它们？"

洁白的纸，铺在桌面，如同一片无瑕的雪地。左是起因，右写对策。女友提笔写下：

1. 夜里睡不好觉。因为电钻太吵。

我很惊讶地问她:"那装修的人家,居然敢冒天下之大不韪,在夜里开动电钻?"

女友愣了一下,然后说:"那倒不是。楼下孀居多年的邻居要结婚了,房屋不整也实在当不了新房。那家事先已出了安民告示,并于晚8点以后,不再使用电钻。"

我说:"那么,你睡不好觉,就另有原因,并不能归于电钻了?"

她对着白纸,看了半天,仿佛不认识自己写下的那一行字。然后把"电钻"云云删去了,在对策一栏里,写下——吃两片安眠药。

"继续整理你的烦恼。"我说。

2. 丈夫外遇十年。

真是一个折磨人的大难题。我定定神问:"你最近才知道吗?"

她嘶哑地答:"早知道了。"

我说:"你打算最近采取行动,彻底解决这个问题吗?"

她思忖着说:"时机还不成熟。无论是离婚还是敦促他痛改前非,都需要时间。"

我说:"那它是可以从长计议的,也就是目前采取的对策是等待。"

女友点点头。

3. 昨天丢了一千块钱。

我说:"真倒霉啊,对你雪上加霜。你报案了吗?"

她说:"报了,但是没寄什么希望。"

我说:"那就是说,你基本上觉得这笔损失,是不可挽回的啦?"

她很快地回答:"是啊。"

我说:"不一定呵。也许你不停地愁苦下去,把自己的太阳穴敲出个透明窟窿,小偷会良心发现,把那笔钱送回来。"

她扑哧一声笑了,说:"瞧你说的。那小偷根本就不知道我是谁,哪怕我今天自杀了,他也不会发慈悲的。"

我正色道:"说得好。这笔损失,并不因你的痛楚,而有复原的可能。"

女友想了想,就把这一条画掉了,重写了一个:孩子考不上大学。

我陪着她深深地叹了一口气,然后问她:"你是直到今天才意识到孩子上大学无望吗?"

她摇摇头,说:"他学习成绩一直不好,这结果其实已在意料之中。以前总幻想能出现一个奇迹,现在彻底破灭了。"

我说:"不符合实际的幻想破灭,你说是件好事还是坏事?"

她明白了我的用意,但还是很沉重地说:"残酷的现实,总是让人难以接受。"

我说:"是啊。但事实是否因你的不接受,而有改变的可能?"

女友说:"我还是很希望孩子能有接受高等教育的机会啊。"

我说:"此次没有考上大学,并不意味着孩子永远失去了接受高等教育的机会。"

她突然抓住我的手说:"你的意思是还有机会?"

我说:"你觉着呢?我记得你就是通过自学直接考取的研究生啊。"

她沉默了很长的时间,然后一字一顿地说:"是啊。孩子已经18岁了,教会他如何应付困境,也许更重要。"于是她写下对策——重新来。

继续下去。

4. 高血压。

我说:"你的血压是否已经像珠穆朗玛一样,成了世界上的第一高峰了呢?"

她有些气恼了，说："我真的很痛苦，你却在这里穷开心。"

我把脸上的笑容收起，说："对于病，也要有一个战略上藐视战术上重视的应对。我相信你的高血压并非到了药石罔效的地步，只要按时吃药，是可以控制的。你服药很可能不守医嘱。"

她有些不好意思，反问："你怎么知道的？"

我说："别忘了，我还是有二十多年医龄的老大夫。你瞒不过我的火眼金睛。"

女友老老实实地交代说："一忙起来，就忘了。"她规规矩矩地写上对策——遵医嘱。

女友的脸色渐渐平稳，但她还是愁肠百结地写下了最后一条。

5. 科研任务紧迫。

我说："关于此项艰巨的任务，你承担了一年。现在到了最后攻关阶段，你是否已对自己丧失信心？"

她很坚定地回答："没有。只是我的心情不好，你知道，对一个搞研究的人来说，心情就是生产力啊。"

我一拍她的手掌说："你讲得好！但心情是纯属你精神领域的感觉，你为什么不使自己的心情明亮起来呢？"

她说："讲得轻松！不挑担子肩不疼。我这里千头万绪，哪里就亮得起来！"

我含笑说:"看看你的千头万绪,还剩下了多少?"

那张洁白的纸上,写着:

失眠——安眠药

丈夫外遇——从长计议

(丢钱——自认倒霉)

儿子考不上大学——重新来

高血压——遵医嘱

科研攻关——好心情

她看了一遍又一遍,好像不相信自己的千头万绪,已细化成如此简明扼要的条款。"看来,我只要今晚吃上两片安眠药,明早醒来,阳光就依旧灿烂?"她有些半信半疑。

我说:"当所有的头绪都搅在一起的时候,的确很可怕。它们使我们的心情变得极为恶劣,智力陡然下降,判断连续失误,于是事情就进入了一个更糟糕的怪圈。把它们理清,一一列出对策,就可以逐一攻克了。好心情并不来源于一帆风顺,而是生长于一种从容和坚定的勇气中啊。"

女友说:"哈!我知道啦!我们每个人都有长出好心情的土地,就看你是否耕耘。"

轰毁你心中的魔床

当我们撕去了魔床上的铭文,打碎了那些陈腐的"应该"时,魔力就在一瞬间倒塌。

　　魔鬼有张床。它守候在路边,把每一个过路的人,揪到它的魔床上。魔床的尺寸是现成的,路人的身体比魔床长,它就把那人的头或是脚锯下来。那人的个子矮小,魔鬼就把路人的脖子和肚子像拉面一样抻长……只有极少的人天生符合魔床的尺寸,不长不短地躺在魔床上,其余的人总要被魔鬼折磨,身心俱残。

　　一个女生向我诉说:"我被甩了,心中苦痛万分。他是我的学长,曾每天都捧着我的脸说'你是天下最可爱的女孩'。可说不爱就不爱了,做得那么绝,一去不回头。我是很理性的女孩,当他说我是天下最可爱的女孩的时候,我知道我姿色平平,担不起这份美誉,但我知道那是出自他真心的。那些话像火,我的耳朵还在风中发烫,他人却大变了。我久久追在他后面,不是要赖着他,只是希望他拿出响当当硬邦邦的说法，给我一个交代，也给他自己一个交代。

"由于这个变故，我不再相信自己，也不相信他人。我怀疑我的智商，一定是自己的判断力出了问题。如此至亲至密，说翻脸就翻脸，让我还能信谁？"

女生叫萧凉，萧凉说到这里，眼泪把围巾的颜色一片片变深。失恋的故事，我已听过成百上千，每一次，不敢丝毫等闲视之。我知道有殷红的血从她心中坠落。

我对萧凉说："这问题对你已不单单是失恋，而是最基本的信念被动摇了，所以你沮丧、孤独、自卑，还有莫名其妙的愤怒……"

萧凉说："对啊，他欠我太多的理由。"

我说："人是追求理由的动物。其实，所有的理由都来自我们心底的魔床——那就是我们对一些问题的看法和观念。它潜移默化地时刻评价着我们的言行和世界万物。相符了，就皆大欢喜，以为正确合理。不相符，就郁郁寡欢，怨天尤人。"

这种魔床，有一个最通俗最简单的名字，就叫作"应该"。有的人心里摆得少些，有三个五个"应该"。有的人心里摆得多些，几十个上百个也说不准，如果能透视到他的内心，也许拥挤得像个卖床垫的家具城。

魔床上都刻着怎样的字呢？

萧凉的魔床上就写着"人应该是可爱的"。我知道很多女生特别喜欢这个"应该"。热恋中的情人,更是三句话不离"可爱"。这张魔床导致的直接后果,就是我们以为自己的存在价值,决定于他人的评价。如果别人觉得我们是可爱的,我们就欢欣鼓舞;如果什么人不爱我们了,就天地变色,日月无光。很多失恋的青年,在这个问题上百思不得其解,苦苦搜索"给个理由先"。如果没有理由,你就不能不爱我。如果你说的理由不能说服我,那么就只有一个理由,就是我已不再可爱,一定是我有了什么过错……很多失恋的男女青年,不是被失恋本身,而是被他们自己心底的魔床锯得七零八落。残缺的自尊心在魔床之上火烧火燎,好像街头的羊肉串。

要说这张魔床的生产日期,实在是年代久远,也许生命有多少年,它就相伴了多少年。最初着手制造这张魔床的人,也许正是我们的父母。当我们还是婴儿的时候,那样弱小,只能全然依赖亲人的抚育。如果父母不喜欢我们,不照料我们,在我们小小的心里,无法思索这复杂的变化,最简单的方式,我们就以为是自己的过错。必是我们不够可爱,才惹来了嫌弃和疏远。特别是大人们的口头禅:"你怎么这么不乖?如果你再这样,我就不喜欢你了……"凡此种种,都会在我们幼小的心底,留下深深的印记。那张可怕的魔床蓝图,就这样一笔笔地勾画出来了。

有人会说:"啊,原来这'应该如何如何'的责任不在我,而在我的父母。"其实,床是谁造的,这问题固然重要,但还不是最重要的。心理学家弗洛伊德说过,一个孩子,就是在最慈爱的父母那里长大,他的内心也会留有很多创伤(大意,原谅我一时没有找到原文,但意思绝对不错)。我们长大之后,要搜索自己的内心,看看它藏有多少张这样的魔床,然后亲手将其轰毁。

一位男青年说:"我很用功,我的成绩很好。可是我不善辞令,人多的场合,一说话就脸红。我用了很大的力量克服,奋勇竞选学生会的部长,结果惨遭败北。前景黑暗,这可不是个好兆头,看来我一生都会是失败者。"于是,他变得落落寡合,自贬自怜,头发很长了也不梳理,邋遢着独往独来的,好似一个旧时的落魄文人。大家觉得他很怪,更少有人搭理他了。

他内心的魔床就是:"我应该是全能的。我不单要学习好,而且样样都要好。我每次都应该成功,否则就一蹶不振。"挫折被放在这张魔床上翻身反复比量,自己把自己裁剪得七零八落。一次的失败就成了永远的颓势,局部的不完美就泛滥成了整体的否定。

一个不美丽的大学女生每天顾影自怜。上课不敢坐在阶梯教室的前排,心想老师一定只愿看到"养眼"的女孩。有个男生向她表示好感,她想:"我不美丽,他一定不是真心的。如果我投入感情,肯定会被他欺骗,当作话柄流传。"于是,她斩钉截铁地拒绝了他,以为这是决断和明智。找工作的时候,她的简历写得很好,每每被约见面试,但每一次都铩羽而归。她以为是自己的服饰不够新潮，化妆不够到位，省吃俭用买了高级白领套装外带昂贵的化妆品，可惜还是屡遭淘汰……她耷拉着脸，嘴边已经出现了在饱经沧桑的失意女子脸上才可看到的像小括弧般的竖形皱纹。

如果允许我们走进她枯燥的内心，我想那里一定摆着一张逼仄的小床。床上写着："女孩应该倾国倾城。应该有白皙的皮肤，应该有挺秀的身躯，应该有玲珑的曲线，应该有精妙绝伦的五官……如果没有，她就注定得不到幸福，所有的努力都会白搭，就算碰巧有一个好的开头，也不会有好的结尾。如果有男生追求长相不漂亮的女孩，一定是个陷阱，背后必有狼子野心，切切不可上当……"

很容易推算，当一个人内心有了这样的暗示时，她的面容是愁苦和畏惧的，她的举止是局促和紧张的，她的声音是怯懦和微弱的，她的眼神是低垂和飘忽的……她在情感和事业上成功的概率极低，到了手的幸福不敢接纳，尚未到手的机遇不敢追求，她的整个形象都散射着这样的信息——我不美丽，所以，我不配有好运气！

讲完了黯淡的故事，擦拭了委屈的泪水，我希望她能找到那张魔床，用通红的火把将它焚毁。

谁说不美丽的女子就没有幸福？谁说不美丽的女子就没有事业？谁说命运是个好色的登徒子？谁说天下的男子都是以貌取人的低能儿？

心中的魔床有大有小,有的甚至金光闪闪,颇有迷惑人的能量。我见过一家证券公司的老总,真是事业有成、高大英俊,名牌大学洋文凭,还有志同道合的妻子,活泼聪颖的孩子……一句话,简直人所有的他都有,可他寝食无安,内心的忧郁焦虑非凡人所能想象,不知是什么灼烤着他的内心。

"我总觉得这一切不长久。人无远虑,必有近忧。水至清则无鱼,谦受益满招损。我今天赚钱,日后可能赔钱。妻子可能背叛,孩子可能出车祸。我也许会突患暴病,世界可能会发生地震火灾飓风,即使风调雨顺,也必会有人祸,比如9·11……我无法安心,恐惧追赶着我的脚后跟,惶恐将我包围。"他眉头紧皱着说。

我说:"你感到极度不安全。你总在未雨绸缪,你总在防微杜渐。你觉得周围潜伏着很多危险,它们如同空气看不着摸不到,但却无所不在无所不能。"

他说:"是啊。你说得不错。"

我说:"在你内心,可有一张魔床?"

他说:"什么魔床?我内心只有深不可测的恐惧。"

我说:"那张魔床上写着:'人不应该有幸福,只应该有灾难。幸福是不真实的,只有灾难才是永恒。人不应该只生活在今天,明天和将来才是最重要的。'"

他连连说:"正是这样。今天的一切都不足信,唯有对将来的忧患才是真实的。"

我说:"每个人都有过去、现在和将来。对我们来讲,无论过去发生过什么,都已逝去。无论你对将来有多少设想,都还没有发生。我们活在当下。"

由于幼年的遭遇,他是个缺乏安全感的人。惊惧射杀了他对于幸福的感知和欣赏。只有销毁了那魔床,他才能晒到金色的夕阳,听到妻儿的欢歌笑语,才能从容镇定地面对风云。即使风雨真的袭来,也依然轻裘缓带玉树临风。

说穿了,魔床并不可怕,当它不由分说就宰割着你的意志和行为之时,面对残缺,我们只有悲楚绝望。但当我们撕去了魔床上的铭文,打碎了那些陈腐的"应该"时,魔力就在一瞬间倒塌。随着魔床轰塌,代之以我们清新明朗的心态。

魔由心生。时时检点自己的心灵宝库,可以储藏勇气,可以储藏智慧,可以储藏经验和教训,可以储藏期望和安慰,只是不要储藏"应该"。

抵制"但是"

这不单是如何连接上下两句话的问题,在词的背后隐伏着思维方式。

但是——我们常常用到的一个词。我们原来有一个领导,就因为太爱使唤这个词了,外号就叫"老但"。

"但是"的意思,主要是做连词,好像那把皮坎肩的碎皮子缀在一处的彩色丝线。多用在一句话的后半截,表示转折语气。

比方说:你这次的考试成绩不错,但是不能骄傲自满。

比方说:这地方的风景挺优美的,但是离城里太远了点。

比方说:这女孩身材相当好,但是皮肤太黑了些。

等等。

我不知道"但是"这个词刚发明的时候,是不是对它的前半部和后半部的分量,一视同仁?也就是说,它只是一个公平的纽带,并不偏着谁向着谁。可惜在长期的运用过程中,"但是"这个词,成了类似音乐简谱中附点的标记,把后面半拍的节奏,挪到前面去了。当人们看到这个词的时候,无论在"但是"的前面,堆积了多少美好的说明,都像碰上盐酸的污垢,冒了些泡沫,就没了踪影。人们记住的总是"但是"后面的转折,如同好不容易爬上高坡,还没来得及喘口气,"但是"这个陡峭的下坡,不由分说把你掳住,一下就滑到了谷底。

于是,"但是"就几乎成了贬义的先兆。只要一出现,气氛就大变。它成了把人心捆成炸药包的细麻绳,成了马上有冷水泼面的前奏曲。"但是"让你打了个激灵,立马把"但是"前面的温暖忘了,只有抖擞起精神,准备迎击扑面而来的顿挫。

"但是"便在这种频频警戒的气氛中,削减了平凡的联结之意,增添了沮丧的灰色意味。

其实,所有的光明都有暗影,"但是"的本意不过是强调事情还有另一方面。可惜日积月累的负面暗示,使得"但是"这个预报一出现,就抹去了喜色,忽略了成绩,轻慢了进步,贬斥了攀升。

一位心理学专家讲学时说,她主张大家从此不用"但是",而改用"同时"。

比如,我们形容天气的时候,早先是这样说的:今天的太阳很好,但是风很大。

今后可以改成:今天的太阳很好,同时风很大。

当你最初看这两句话的时候,好像没有多大的分别。你不要急,轻声地多念几遍,那分量和语气的差异,就体味出来了。

但是风很大——会使人的情绪向糟糕那一面倾斜,注意力凝固在不利的因素上。觉着太阳好是件不值得太高兴的事情,风大才是关键。借助了"但是"的威力,风就把阳光打败了。

同时风很大——它更中性和客观,好似一个导游小姐,在指点我们注意了某一种情形之后,又把她手中的金属棒向另一个方向示去。前言余音袅袅,后语也言之凿凿。不偏不倚,公允而平整。它使我们的心神安定,目光精准,两侧都观察得到,头脑中自有定夺。

一词之差,它的背后,是怎样看待世界和自身。

我们绝不文过饰非,也不夸大其词。好比是花和虫子,一并存在。我们的眼光降落在哪里?

降落在花丛中?降落在虫背上?

"但是",是一面偏光镜,把我们的目光聚焦在虫子上。花园里花朵很美丽,"但是"把虫子的影子放大了。

"同时",是一个透明的水晶球,把我们均衡地分散在两方面。花园里花朵很美丽,"同时",它也提示尚有虫子。

"但是"和"同时",谁更持重和完整,更有利于我们对客观事物的评价和对主观判断的把持,想必会有公论。

如此讨论,仿佛和一个简单的连词过不去,有悖恕道。不过,这不单是如何连接上下两句话的问题,在词的背后隐伏着思维方式。

当我尝试着用"同时"代替"但是"以后,一天两天,似也看不出多大的变化。可时间长了,我发现自己比较地多了勇气,因为我的精神得到了补给和呵护。我发现自己比较地对人友善,因为我更明确地发现了他人的长处和优异。我发现自己较为敏捷地从跌倒的地上爬起,因为我看到了沟坎也看到了辙印。我发现自己多了宽容和慈悲,因为每当我意识到不足的时刻,都同时给自己鼓励。

蚕是被自己的丝裹住的

有很多人终身困顿在他们自己的茧里。

蚕是被自己的丝裹住的,这是一个真理。每一个养过蚕的人和没有养过蚕的人,都知道这件事。蚕丝是一寸一寸吐出来的,在吐的时候,蚕昂着头,很快乐专注的样子。蚕并没有意识到,正是自己的努力劳动,才将自己的身体束缚得紧紧的。直到被人一股脑丢进开水锅里,煮死,然后那些美丽的丝,成了没有生命的嫁衣。

这是蚕的悲剧。当我们说到悲剧的时候,不由自主地持了一种观望的态度。也许,是"剧"这个词,将我们引入歧途。以为他人是演员,而我们只是包厢里遥远的安全的看客。其实,作茧自缚的情况,绝不如想象的那样罕见,它们广泛地存在于我们周围,空气中到处都飘荡着纷飞的乱丝。

钱的丝飞舞着。很多人在选择以钱为生命指标的时候,看到的是钱所带来的便利和荣耀的光环。钱是单纯的,但攫取钱的手段却不是那样单纯。把一样物作为自己奋斗的目标，它的危险，不在于这桩物品的本身，而在于你是怎样获取它并消费它。或许可以说，收入钱的能力还比较地容易掌握，支出它的能力则和人的综合素质有极大的关系。在这个意义上讲，有些人是不配享有大量的金钱的。如同一个头脑不健全的人，如果碰巧有了很大的蛮力，那么，无论是对于他本人还是对于他人，都不是一件幸事。在一个社会财富和个人财富飞速增长的时代，钱是温柔绚丽的，钱也是飘浮迷茫的，钱的乱丝令没有能力驾驭它的人窒息，直至被它绞杀。

爱的丝也如四月的柳絮一般飞舞着，迷乱着我们的眼，雪一般覆盖着视线。这句话严格说起来，是有语病的。真正的爱，不是诱惑，是温暖。只会使我们更勇敢和智慧，但的确有很多人被爱包围着，时有狂躁。那就是爱的没有节制了。没有节制的爱，如同没有节制的水和火一样，甚至包括氧气，同是灾难性的。

水火无情，大家都是知道的。但是谈到氧气，那是一种多么好的东西啊。围棋高手下棋的时候，吸氧之后，妙招迭出，让人疑心气袋之中是否藏有古今棋谱？记得我学习医科的时候，教授讲过这样一个故事。一名新护士值班，看到衰竭的病人呼吸十分困难，用目光无声地哀求她——请把氧气瓶的流量开得大些。出于对病人的悲悯，加上新护士特有的胆大，当然，还有时值夜半，医生已然休息。几种情形叠加在一起，于是她想，对病人有好处的事，想来医生也该同意的，就在不曾请示医生的情况下，私自把氧气流量表拧大。气体通过湿化瓶，汩汩地流出，病人顿感舒服，眼中满是感激的神色，护士就放心地离开了。那夜，不巧来了其他的重病人。当护士忙完之后，抒着一头的汗水再一次巡视病房的时候，发现那位衰竭的病人，已然死亡。究其原因，关键的杀手竟是——氧气中毒。高浓度的氧气抑制了病人的呼吸中枢，让他在安然的享受中丧失了自主呼吸的能力，悄无声息地逝去了……

很可怕，是不是？丧失节制，就是如此恐怖的魔杖。它令优美变成狰狞，使怜爱演为杀机。

谈到爱的缠裹带给我们的灾难，更是俯拾即是。放眼观察，会发现很多。多少人为爱所累，沉迷其中，深受其苦。在所有的蚕丝里面，我以为爱的丝，可能是最无形而又最柔韧的一种。挣脱它，也需要最高的能力和技巧。这当中的奥秘，须每一个人细细揣摩练习。

还有工作的丝，友情的丝，陋习的丝，嗜好的丝……或松或紧地包绕着我们，令我们在习惯的窠臼当中难以自拔。

逢到这种时候，我们常常表现得很无奈很无助，甚至还有一点点敝帚自珍的狡辩。常常可以听到有人说，我也知道自己的毛病，也不是不想改，可就是改不掉。我就是这样一个人了……当他说完这些话的时候，就好像对自己和对众人都有了一个交代，然后脸上就显出安坦无辜的样子，仿佛合上了牛皮纸封面的卷宗。

每当这种时候，我在悲哀的同时，也升起怒火。你明知你的茧，是你自己吐的丝凝成的，你挣扎在茧中，你想突围而出。你遇到了困难,这是一种必然。但你却为自己找了种种的借口,你向你的丝退却了。你一面吃力地咬断包围你的丝,一面更汹涌地吐出你的丝,你是一个作茧自缚的高手,你比推石头的西西弗斯还惨。他的石头只是滚下又滚下,起码并没有变得更大更沉重。你的丝却在这种突围和分泌的交替中,汲取了你的气力,蚕食了你的信心,它令你变得越来越不喜爱自己,退缩着,在茧中藏得更深更严密更闭锁更干瘪了。

我们每个人都有一些茧。这些茧背负在我们的身上,吸取着我们的热量,让我们寒冷,令前进的速度受限。撕碎这茧,没有外力和机械可供支援,只有靠自己的心和爪。

茧破裂的时候,是痛苦的。茧是我们亲手营造的小世界。茧的空间虽是狭窄的,也是相对安全的。甚至一些不良的嗜好,当我们沉浸其中的时候,感受到的也是习惯成自然的熟络。打破了茧的蚕,被鲜冷的空气,闪亮的阳光,新锐的声音,陌生的场景……刺激着,扰动着,紧张的挑战接踵而来。这种时刻的不安,极易诱发退缩。但它是正常和难以避免的,是有益和富于建设性的。你会在这种变化当中,感受到生命充满爆发的张力,你知道你活着痛着并且成长着。

有很多人终身困顿在他们自己的茧里。这是他们自己的选择,当生命结束的时候,他们也许会恍然发觉,世界只是一个茧,而自己未曾真正地生活过。

压抑也许成癌

被压抑的能量化作钢刀,在胸廓之内到处乱戳,也可能跑到哪里聚成块垒,就成了凶险的癌瘤。

感觉是一切虚幻事件的核心。它从未确立过任何事情,但又和任何事情息息相关。情绪是埋在所有真实上面的浮土,不把它们清理干净,真相就无从裸露。

传统的教育,教导我们要忍让,要宽容,要忘却。然而长久的压抑会带来更大的反弹,积攒的痛苦如暴风骤雨般袭来,霹雳能将我们击为灰烬。

没有哪一样事物,通过压抑,可以自然而然地消失。地球内部的压力,会通过火山爆发来释放。水库的压力,会通过堤岸崩塌、洪水溃泄而释放。身体的不适,会演变成疾病,让你不得不全神贯注地解决。金钱的压力,会恶化成破产。感情的压力,会走向分道扬镳。所以,要学会循序渐进地释放压力,千万不要忽略了小的不安。它们摞起来，会把精神压弯。

人们常常以为抑郁的人是没有能量的。我们看到他们萎靡不振，好似一团沾满灰尘的瘫软抹布。但其实，压抑是一种极大的能量，不信你看抑郁的人，他们可以决绝地自杀，从高处一跃而下，这需要何等的胆量和执着。千万不要轻视了抑郁的人，以为他们没有能力改变。能量执拗地存在着，只是失却了方向，不是向外攻击就是向内攻击。

尊重你的情感，并不是要情感直接做出决定，而是尊重情感的波涛起伏；不是压抑情感，而是疏通情感。中医说，不通则痛，通则不痛。先要将痛苦纾解开来。拧成一团乱麻的情绪症结，简直就是毒药。用不着外界的纷扰，单是内心的混乱，就完全能导致崩溃了。该恨谁，就在心中将他诅咒千遍，可以用最恶毒的字眼，只是不要让别人听到。你救赎的是自己的灵魂，和他人无关。如果还不解气，就把一个抱枕靠垫或荞麦皮枕头当作替罪羔羊，扔到地上拳打脚踢，直到羽绒飞扬、遍地鹅毛也在所不惜，荞麦皮漏撒一地，就慢慢扫起。假如怒火还未消，就在纸上写上仇者的姓名，然后明明白白地写出：我恨你！恨你……

我教过一个朋友这招，他咂咂嘴说："做不来。"

我说："为什么呀？这并不是很难的动作啊！如果你找不到安静的地方，我可以把自己的家借给你。哪怕你声震九霄，也没有人会听到。"

他说:"那不是像个神经病吗?!"

我说:"怎么会!你压抑得太久,已经忘了如何来表达愤怒。整天装在西装革履的套子里,已经没有真的血肉。接触自己最内在的情感,它既然存在着,就必有其合理的走向。就像当年大禹治水,不是围追堵截,而是疏导引流。现在,你的情绪像堵车一样塞在一起,神经通路已完全不畅通,哪能做出英明决定?听我的,开始吧。"

他犹疑着说:"这很不习惯。"

我说:"是啊,你已经习惯了掩藏和压抑。其实,凡是在我们心灵中存在的能量,无论是正面的还是负面的,压抑都是有害的。你压抑了正面的能量,本该你承担的义务,你偏偏躲闪;本该你做出的决定,你犹豫不决;本该你担当的职务,你假装谦虚拱手相让……你以为你这是大度,是高风亮节,是安全、敦厚,其实不过是懦夫。而且那些被压抑的能量,迅速地凝变成了牢骚、怀才不遇、指手画脚、不在其位而谋其政,让人厌烦……这还算是好的,因为你把能量的矛头对准了外界。"

更糟糕的选择,是缄口不语,把一切真知灼见藏在肚皮里,愣愣地旁观这个世界,在无人的风口抚胸长叹。向内攻击的结果也是以自身为假想敌,罹患种种疾病……被压抑的能量化作钢刀,在胸廓之内到处乱戳,也可能跑到哪里聚成块垒,就成了凶险的癌瘤。至于那些原本就是负面的能量,得不到宣泄,会更为虎作伥,肆无忌惮地向外攻击,最极端的变成了杀人的冲动也说不定。所以,情绪是万万压抑不得的,就像高压蒸汽,一定要给它找一个出口。不然,等着吧,爆炸是免不了的。

我所推荐的抱枕法,是一个简便易行、安全可靠的方法。只要你养成了习惯,对于让你万分不舒服的事,直面相对,找到问题的症结,把脾气宣泄出去,你会觉得云开雾散、月朗风清,精神就轻松了好多。

你可能半信半疑地说:"好吧,我相信你一回,这样猛烈地自我发泄一通,情绪或许能平稳一些。但是,发泄完了,情况还是那个情况,现状还是那个现状,于事无补啊!"

不!不是这样的!情绪遮挡着视线之时,我们能看到的出路是很少的,有时简直就是大雾弥天,日月无光。当我们安静下来时,心灵的能量就渐渐呈现出来,就能发现很多被震怒的荒草遮掩的曲折小径。

你可能还是不信,希望你什么时候试一试。这法子成本不高,至多就是把抱枕摔开线了,芦花四扬,也没什么了不起的。我就曾经把一个枕头摔开了线,之后心平气和地把开线之处缝起,虽略损美观,但并无大碍。

有人能摸索出其他适合自己的方法排解幽愤,这也很好。比如阿甘,他的法子就是跑步。无休止地跑,在步履交替的过程中,他慢慢疗治了自己的创伤。

怎么样，朋友？你找到蒸发自己情绪的好法子了吗？如果你已经找到了，恭喜你啊，这样你就比较能面对真实的自我，不会把自己压抑出癌症来。

任何成瘾都是灾难

学会控制自己的内啡肽，也是成长的必修课之一。

有个年轻人，名叫安澜。他说自己干什么都会成瘾。我要详细了解情况，就说："请打个比方。"他说："我上学的时候就对网络成瘾。那时候，我每天起码有 5 小时要趴在网上，网友遍布全世界。"

我插嘴道："全世界？真够广泛的。"

安澜说："是啊。人们都说上网对学习有影响，可那时我的英文水平突飞猛进。因为要和国外的网友聊天，你要是英文不利索，人家就不理你了。"

我说："一天 5 小时，你还是学生，要保证正常的上课，哪里来的这么多时间啊？"

安澜说："很简单，压缩睡眠。我每天只睡 5 小时。我有单独的房间，电脑就在床边。我每天做完作业后先睡下，4 小时之后，准时就醒了，一骨碌爬起来就上网，神不知鬼不觉的，到了天快亮的时候，再睡1小时回笼觉。爸爸妈妈叫我起床的时候，我正睡得香甜。很长时间，家里人看我白天萎靡不振的，都以为是上学累的，殊不知我的睡眠是个包子，外面包的皮是睡觉，里面裹的馅就是上网。"

我说："青少年正是长身体的时候，你这样睡眠不足，是要出大问题的。"

安澜说："还真让你说对了。后来，我就得了肾炎。因为不能久坐，我只好缩减了上网的时间。我休了学，急性期过了以后，医生建议我开始进行缓和的室外活动，慢慢地增强体力。我就到郊外或是公园散步。一个人在外面闲逛，就是风景再美丽、空气再新鲜，也有腻的时候。我爸说：'要不给你买个照相机吧，一边走一边拍照，就不觉得烦了。'家里先是给我买了个数码的傻瓜相机。果然，照相让人觉得时间过得很快，一只狗正在撒尿，一只猫正在龇牙咧嘴地向另外一只猫挑衅，都成了我的摄影素材。白天照了相，晚上就在电脑上回放，自己又开心一回。很快，这种简陋的卡片机就不能满足我的愿望了。我开始让家里人给我买好的机子，买各式各样的镜头……把自己认为好的照片放大。城周围的景物照腻了，就到更远的地方去，我又迷上了旅游。后来我爸说，我这是豪华型患病，花在照相和旅游上的钱，比吃药贵多了。不管怎么样，我的病渐渐地好了。因为错过了高考，我就上了一所职业学校，学市场营销。毕业以后，我进了一家玩具公司。玩具这个东西，利润是很大的，只要你营销搞得好，拿比例提成，收入很可观。这时候，因为时间有限，到远处旅游和照相，变得难以实现，我就迷上了请客吃饭……"

我虽然知道咨询师在这时应该保持足够的耐心倾听，还是不由自主地小声重复："迷上了请客吃饭？"

说句实话，我见过各种上瘾的症状，要说请客吃饭上瘾，还真是第一次碰上。

安澜说："是啊。我喜欢请客时那种向别人发出邀请，别人受宠若惊的感觉。喜欢挑选餐馆，拿着点菜单一页页翻过时的那种运筹帷幄的感觉，好像点将台上的将军。尤其是喜欢最后结账时一掷千金舍我其谁的豪爽感。"

我思忖着说："你为这些感觉付出的代价一定很高昂。"

安澜垂头丧气地说："谁说不是呢？去年年底，我拿到了七万块钱的奖励提成，结果还没过完春节，就都花完了。我可给北京的餐饮业做出了杰出的贡献。最近，我们又要发季度提成了，我真怕这笔钱到了我的手里，很快就烟销灰灭。而且，酒肉朋友们散去之后，我摸着空空的钱包，觉得非常孤单。可是下一次，我又会重蹈覆辙，不能自拔。我爸和我妈提议让我来做心理咨询，说我这个人爱上什么都没节制，很可怕。将来要是谈上女朋友也这样上瘾，今天一个明天一个，就变成流氓了。我自己也挺苦恼的，一个人，要是总这样管不住自己，也干不成大事啊。您能告诉我一个好方法吗？"

我说："安澜，我知道你现在很焦虑，好方法咱们来一起找找看。你能告诉我像上网啊、摄影啊、旅游啊、请客吃饭啊这些活动带给你的最初的感觉是什么吗？"

安澜说："当然是快乐啦！"

我说："让咱们假设一下，如果在那个时候，来了位医生抽一点你的血，化验一下你的血液成分，你觉得结果会怎么样？"

安澜困惑地吐了一下舌头，说："估计很疼吧？结果是怎样的，就不知道了。"

我说："抽血有一点疼，不过很快就会过去。我以前当过很久的医生，对化验这方面有一点心得。当人们在快乐的时候，内分泌系统会有一种物质产生，叫作内啡肽。"

安澜很感兴趣说："您告诉我是哪几个字。"我在一张纸上写下了"内啡肽"几个字。

安澜端详着，说："这个'啡'字，就是咖啡的'啡'吗？"

我说："正是。咖啡也有一定的兴奋作用。"

安澜说："您的意思是说，每当我进入那些让我上瘾的活动的时候，我身体里都会分泌出内啡肽吗？"

我说："安澜，你很聪明，的确是这样的。内啡肽让我们有一种不知疲劳、忘却忧愁、精神焕发的感觉。这在短期内当然是很令人振奋的,但长久下去,身体就会吃不消。这就是很多上了网瘾的人,最后变得茶饭不思、精神萎靡不振、体重大减、面黄肌瘦的原因啊。而且,因为人上瘾时,对其他的事情不管不顾,考虑问题很不理性,就会出现严重的后果。这也就是你在请人吃完饭之后精神十分空虚的症结。有的人工作成瘾,就成了工作狂。有的人盗窃成瘾,就成了罪犯。有的人飞车成瘾,就成了飙车一族。有的人权力成瘾,就成了独裁者……"

安澜说:"这样看来,内啡肽是个很坏的东西了。"

我说:"也不能这样一概而论。人体分泌出来的东西,都是有用的。比如当你跑马拉松的时候,只要冲过了身体那个拐点,因为体内开始有内啡肽的分泌,你就不觉得辛苦,反倒会有一种越跑越有劲的感觉。比如有的科学家埋头做科学实验,为了整个人类的发展做出了卓越贡献,在那种非常艰难困苦的条件下能够坚持下来,他的内啡肽也功不可没啊!"

安澜说:"听您这样一讲,我反倒有点糊涂了。"

我说:"任何事情都要有节制。比如,温暖的火苗在严冬是个好东西,可要是把你放到火上烤,结果就很不妙。如果你不想变成烤羊肉串,就得赶快躲开。再有,在干燥的沙漠里,泉水是个好东西,但要是发了洪水,让人面临灭顶之灾,那就成了祸害。对于身体的内分泌激素,我们也要学会驾驭。这说起来很难,其实,我们一直在经受这种训练。比如你肚子饿了,经过一个烧饼摊，虽然烤得焦黄的烧饼让你垂涎欲滴，但是如果你没买下烧饼，你就不能抢上一个烧饼下肚。如果你看到一个美丽的姑娘，虽然你的性激素开始分泌，你也不能上去就拥抱人家。所以，学会控制自己的内啡肽，也是成长的必修课之一啊。"

听到这里，安澜若有所思地拿起那张纸，看了又看，说："这个内啡肽的'啡'字和吗啡的'啡'字，也是同一个字。"

我说："安澜，你看得很细，说得也很正确。成瘾这件事，最可怕的是毒品成瘾。吗啡和内啡肽有着某种相似的结构，当有些人靠着毒品达到快乐巅峰的时候，他们就步入了一个深渊。这就更要提高警惕了。当然了，网瘾和毒品成瘾还是有一定的区别的。不过，一个人要身体健康和心理健康，对所有那些令我们成瘾的事物都要提高控制力，要有节制。"

那天告辞的时候，安澜说："我记住了，任何成瘾都是灾难。"

心理拒绝创可贴

心理问题切不可头痛医头脚痛医脚,那样如同创可贴,只能暂时封住小伤口,却无法从根本上让我们的精神强健起来。

我有过若干次讲演的经历,在北大和清华,在军营和监狱,在农村土坯搭建的课堂和美国最奢华的私立学校……面对从医学博士到纽约贫民窟的孩子等各色人群,我都会很直率地谈出对问题的想法。在我的记忆中,有一次的经历非常难忘。

那是一所很有名望的大学,约过我好几次了,说学生们期待和我进行讨论。我一直推辞,我从骨子里不喜欢演说。每逢答应一桩这样的公差,就要莫名紧张好几天。但学校方面很执着,在第N次邀请的时候说:该校的学生思想之活跃甚至超过了北大,会对演讲者提出极为尖锐的问题,常常让人下不了台,有时演讲者简直是灰溜溜地离开学校的。

听他们这样一讲,我的好奇心就被激励起来,我说,我愿意接受挑战。于是，我们就商定了一个日子。

那天，大学的礼堂挤得满满的，当我穿过密密的人群走向讲台的时候，心里涌起怪异的感觉，好像是"文革"期间的批斗会场，不知道今天将有怎样的场面出现。果然，从我一开始讲话，就不断地有条子递上来，不一会儿，就在手边积成了厚厚一堆，好像深秋时节被清洁工扫起的落叶。我一边讲课，一边充满了猜测，不知树叶中潜伏着怎样的思想炸弹。讲演告一段落，进入回答问题阶段，我迫不及待地打开了堆积如山的纸条，一张张阅读。那一瞬，台下变得死寂，偌大的礼堂仿若空无一人。

我看完了纸条，说："有一些表扬我的话，我就不念了。除此之外，纸条上提的最多的问题是——'人生有什么意义？请你务必说真话，因为我们已经听过太多言不由衷的假话了'。"

我念完这个纸条以后，台下响起了掌声。我说："你们今天提出的这个问题很好，我会讲真话。我在西藏阿里的雪山之上，面对着浩瀚的苍穹和壁立的冰川，如同一个茹毛饮血的原始人，反复地思索过这个问题。我相信，一个人在他年轻的时候，是会无数次地叩问自己——我的一生，到底要追索怎样的意义？

"我想了无数个晚上和白天，我终于得到了一个答案。今天，在这里，我将非常负责地对大家说，我思索的结果是：人生是没有任何意义的！"

我这句话说完，全场出现了短暂的寂静，如同旷野。但是，紧接着,就响起了暴风雨般的掌声。

那是我在讲演中获得的最激烈的掌声。在以前,我从来不相信有什么"暴风雨"般的掌声这种话,觉得那只是一个拙劣的比喻。但这一次,我相信了。我赶快用手做了一个"暂停"的手势,但掌声还是绵延了若干时间。

我说:"大家先不要忙着给我鼓掌,我的话还没有说完。我说人生是没有意义的,这不错,但是——我们每一个人要为自己确立一个意义!"

是的,关于人生的意义的讨论,充斥在我们的周围。很多说法,由于熟悉和重复,已让我们从熟视无睹滑到了厌烦。可是,这不是问题的真谛。真谛是,别人强加给你的意义,无论它多么正确,如果它不曾进入你的心理结构,它就永远是身外之物。比如我们从小就被家长灌输过人生意义的答案。在此后漫长的岁月里,谆谆告诫的老师和各种类型的教育,也都不断地向我们批发人生意义的补充版。但是,有多少人把这种外在的框架,当成了自己内在的标杆,并为之下定了奋斗终生的决心?

那一天结束讲演之后,我听到有同学说,他觉得最大的收获是听到有一个活生生的中年人亲口说:人生是没有意义的,你要为之确立一个意义。

其实,不单是中国的青年人在目标这个问题上飘忽不定,就是在美国的著名学府哈佛大学,也有很多人无法在青年时代就确立自己的目标。我看到一则材料，说某年哈佛的毕业生临出校门的时候，校方对他们做了一个有关人生目标的调查。结果是27%的人，完全没有目标。60%的人目标模糊。10%的人有近期目标。只有3%的人，有着清晰而长远的目标。25年过去了，那3%的人不懈地朝着一个目标坚忍努力，成了社会的精英，而其余的人，成就要相差很多。

我之所以提到这个例子，是想说明在人生目标的确立上面，无论中国还是外国的青年，都遭遇到了相当程度的朦胧或是混沌状态。有人会说："是啊，那又怎么样？我可以一边慢慢成长，一边寻找自己的人生意义啊。"我平日也碰到很多青年朋友诉说他们的种种苦难。我在耐心地听完那些折磨他们的烦心事之后，把他们渴求帮助的目光撇在一旁，我会问："你的人生目标是什么呢？"

他们通常会很吃惊，好像怀疑我是否听懂了他们的愁苦，甚至恼怒我为什么对具体的问题视而不见，而盘问他们如此不着边际的空话。更有甚者，以为我根本就没有心思听他们说话，自己胡乱找了个话题来搪塞。

我会迎着他们疑虑的目光，说："请回答我的这个问题，你为什么而活着呢？"

年轻人一般会很懊恼地说："这个问题太大了，和我现在遇到的事没有一点关联。"我会说："你错了。世上的万物万事都有关联。有人常常以为心理上的事只和单一的外界刺激有关，就事论事，其实心理和人生的大目标有着纲举目张的紧密接触。很多心理问题，实际上都是人生的大目标出现了混乱和偏移。"

举个例子。一个小伙子找到我，说他为自己说话很快而苦恼，他交了一个女朋友，感情很好。但女孩子不喜欢他说话太快。一听他口若悬河滔滔不绝地说个没完，女孩就说自己快变成大头娃娃了。还说如果他不改掉这毛病，就不能把他引荐给自己的妈妈，因为老人家最烦的就是说话爱吐唾沫星子的人。

"你说我怎么才能改掉说话太快的毛病？"他殷切地看着我，闹得我都觉得如果不帮他这个忙，简直就成了毁掉他一生的爱情和事业的凶手。

我说："你为什么要讲话那么快呢？"

他说："如果慢了，我怕人家没有耐心听完我的话。你知道，现今的社会，节奏那么快，你讲慢了，人家就跑了。"

我说："如果按照你的这个观点发挥下去，会节奏越来越快，你岂不是就得说绕口令了？你的准丈母娘就不是这样的人啊，她就喜欢说话速度慢一点并且注意礼仪的人啊。"

他说："好吧，就算你说的这两种人都可以并存，但我还是觉得说话快一些，比较地占便宜，可以在单位时间内传达更多的信息。"

我说："那你的关键就是期待别人能准确地接收你的信息。你以为只有快速发射信息才是唯一的途径。你对自己的观点并不自信。"

他说:"正是这样。我生怕别人不听我的,我就快快地说,多多地说。"

当他这样说完之后,连自己也笑起来。我说:"其实别人能否接受我们的观点,语速并不是最重要的。而且,你能告诉我,你为什么这样在意别人是否能接受你的观点吗?"

这个说话很快的男孩突然语塞起来,忸怩着说:"我把理想告诉你,你可不要笑话我。"

我连连保证绝不泄密。他说:"我的理想是当一个政治家。所有的政治家都很雄辩,你说对吧?"

我说:"咱们这就比较接触到了问题的实质。要当一个政治家,第一要自信。他们的雄辩不是来自速度,而是来自信念。一个自信的人,不论说话快还是慢,他们对自我信念的坚守流露出来,都会感染他人。我知道你有如此远大的理想,这很好。你要做的事,不是把话越说越快,而是积攒自己的力量,让自己的信念更加坚强。"

那一天的谈话就到此为止,后来,这个男生告诉我,他讲话的速度慢了下来,也被批准见到了自己的准丈母娘,听说很受欢迎。

这厢刚刚解决了一个说话快的问题,紧接着又来了一位女硕士,说自己的心理问题是讲话太慢,周围的人都认为她有很深的城府，不敢和她交朋友，以为在她那些缓慢吐出的话语背后，隐藏着怎样的阴谋。

"我试了很多方法，却无法让自己说话快起来，烦死了。"她慢吞吞地对我这样说，语速的确有一种压抑人的迟缓，好像在话的背后还隐藏着另一句话。

我看她急迫的神情，知道她非常焦虑。

我说："你讲每一句话是否都要经过慎重的考虑？"

她说："是啊。如果不考虑，讲错了话，谁负得了这个责？"

我说："你为什么特别怕讲错话？"

女硕士说："因为我输不起。我家庭背景不好，家里有犯罪的人，周围的人都看不起我们。很穷，从小就靠亲戚的施舍我才能坚持学业。我生怕一句话说差了，人家不高兴，就不给我学费了。所以，连问一句'你吃了吗？'这样中国人最普通的话，我也要三思而后行。我怕人家说：'你连自己的饭都吃不饱，也配来问别人吃饭问题。'"

听到这里，我说："我明白了。你觉得自己的每一句话都可能引致他人的误解，给自己造成不良影响。"

女硕士连连说："对对，就是这样的。"

我笑了，说："你这一句话说得并不慢啊。"

她说："那是我相信你不会误会我。"

我说："这就对了。你说话速度慢，不是一个技术性的问题，是你不能相信别人。你是否准备一辈子都不相信任何人？如果是这样的话，我断定你的讲话速度是不会改变的。如果你从此相信他人，讲话的速度自然会比较适宜，既不会太慢，也不会太快，而是能收放自如。"

那个女生后来果然有了很大的改变，她的人际关系也有了进步。

今天我们从一个很大的目标谈起，结果要在一个很小的地方结束。我想说，一个人的心理是一座斗拱飞檐的宫殿，这座宫殿的基础就是我们对自己人生目标的规划和对世界对他人的基本看法。一些看起来是技术和表面的问题，其实内里都和我们的基本人生观有着千丝万缕的联系。心理问题切不可头痛医头脚痛医脚，那样如同创可贴，只能暂时封住小伤口，却无法从根本上让我们的精神强健起来。

你是怎样度过人生的
低潮期的？

安静地等待。
好好睡觉，
像一只冬眠的熊。
锻炼身体，坚信无论是承受
更深的低潮或是迎接高潮，
好的体魄都用得着。
和知心的朋友谈天，

基本上不发牢骚，
主要是回忆快乐的时光。
多读书，看一些传记。
一来增长知识，
顺带还可瞧瞧别人倒霉的时候是怎么挺过去的。
趁机做家务，把平时忙碌顾不上的活儿都抓紧此时干完。

很多人常常说，
我最感激的是那些侮辱、
攻击、放弃我的人，
他们让我懂得了如何做人，
才有了今天的成就云云……
每逢我听到这种话，
总觉得略微矫情了些。

我不会感谢那些本来
想侮辱我的人,
他们不应该因为
仇视和狭隘
受到感激。
仇恨和狭隘,
常常是可以置人于死地的。

你没有死,
是因为你救了自己。
你应该感谢的只有一个人,
那就是你自己啊。

第三章

自我疗愈,快乐不必向外求

疲倦

疲倦是一种淡淡的腐蚀剂。当它无色无臭地积聚着，潜移默化地浸泡着我们的时候，意志的酥软就发生了。

　　疲倦是现代人越来越常见的一种生存状态，在我们的周围，随便看一眼吧，有多少垂头丧气的儿童，萎靡不振的青年，疲惫已极的中年，落落寡合的老年？……人们广泛而漠然地疲倦了。很多人已见怪不怪，以为疲倦是正常的了。

　　有一次，我把一条旧呢裤送到街上的洗染店。师傅看了以后，说："我会尽力洗熨的。但是，你的裤子，这一回穿得太久了，恐怕膝盖前面的鼓包是没法熨平了。它疲倦了。"

　　我吃惊地说："裤子——它居然也会疲倦？"

　　师傅说："是啊。不但呢子会疲倦，羊绒衫也会疲倦的，所以，穿过几天之后，你要脱下晾晾它，让毛衫有一个喘气的机会。皮鞋也会疲倦的，你要几双倒换着上脚，这样才可延长皮子的寿命……"

我半信半疑，心想，莫不是这老师傅太热爱他所从事的工作了，所以才这般体恤手下无生命的衣料。

又一次，我在一家先进的工厂，看到一种特别的合金，它如同谄媚的叛臣，能折弯多少次，韧度不减。我说："真是天下无双了。"总工程师摇摇头道："它有一个强大的对手。"

我好奇地发问："谁？"

总工程师说："就是它自己的疲劳。"

我讶然："金属也会疲劳啊？"

总工程师说："是啊。这种内伤，除了预防，无药可医。如果不在它的疲劳限度之前让它休息，那么，它会突然断裂，引发灾难。"

那一瞬，我知道了疲倦的厉害。铁打钢铸的金属尚且如此，遑论肉胎凡身！

疲倦发生的时候，如同一种会流淌的灰暗，在皮肤表面蔓延，使人整个地困顿和蜷缩起来。如果不加克服和调整，黏滞的不适，便如寒露一般，侵袭到身体的底层。我们了无热情，心灰意懒。

我们不再关注春天何时萌动，秋叶何时飘零。我们迷茫地看着孩子的微笑，不知道他们为何快乐。我们不爱惜自己了，觉察不到自己的珍贵。我们不热爱他人了，因为他人是使我们厌烦的源头。我们麻木困惑，每天的太阳都是旧的。阳光已不再播洒温暖，只是射出逼人的光线。我们得过且过地敷衍着工作，因为它已不是创造性思维的动力。

疲倦是一种淡淡的腐蚀剂，当它无色无臭地积聚着，潜移默化地浸泡着我们的时候，意志的酥软就发生了。

在身体疲倦的背后，是精神率先疲倦了。我们丧失了好奇心，不再如饥似渴地求知，生活纳入灰色的模式。甚至婚姻，也会疲倦。它刻板地重复着，没有新意，没有发展。婚姻的弹性老化了，像一只很久没有充气的球，表皮皲裂，塌陷着，摔到地上，噗噗地发出充满怨恨的声音，却再不会轻盈地跳起，奔跑着向前。

疲倦到了极点的时候，人会完全感觉不到生命和生活的乐趣，所有的感官都在感受苦难，于是它们就保护性地不约而同地封闭了。我们便被闭锁在一个狭小的茧里，呼吸窘迫，四肢蜷曲，渐渐逼近窒息了。

疲倦的可怕，还在于它的传染性。一个人疲倦了，他就变成一炷迷香，在人群中持久地散布着疲倦的细微颗粒。他低落地徘徊着，拖带着整体的步伐。当我们的周围生活着一个疲倦的人，就像有一个饿着肚子的人，无声地要求着我们把自己精神的谷粒，拨一些到他的空碗中。不过，如果我们这样做了之后，才发觉不但没有使他振作起来，自身也莫名其妙地削弱了。

身体的疲倦，转而加剧着精神的苦闷。

变更太频繁了，信息太繁复了，刺激太猛烈了，扰动太浩大了，强度太凶，频率太高……即使是喜悦和财富吧，如果没有清醒的节制，铺天盖地而来，也会使我们在震惊之后深刻地疲倦了。

当疲倦发生的时候，我们怎么办呢？

当无计可施的时候，看看大自然吧。春天的花开得疲倦的时候，它们就悄然地撤离枝头，放弃了美丽，留下了小小的果实。当风疲倦的时候，它就停止了吹拂，让大地恢复平静。当海浪疲倦的时候，洋面就丝绸般地安宁了。当天空疲倦的时候，它就用月亮替换太阳……

人们应对疲倦的办法，没有自然界高明。不信，你看。当道路疲倦的时候，就塞车。当办公室疲倦的时候，就推诿和没有效率。当组织者疲倦的时候，就出现混乱和不公。当社会出现疲倦的时候，就冷漠和麻木……

疲倦对我们的伤害，需要平心静气地休养生息。让目光重新敏锐，让步伐恢复轻捷，让天性生长快乐，让手足温暖有力。耳朵能够捕捉到蜻蜓的呼吸，发梢能够感受到阳光的抚摸，微笑能如鲜橙般耀眼，眼泪能如菩提般仁慈……

疲倦是可以战胜的，法宝就是珍爱我们自己。疲倦是可以化险为夷的，战术就是宁静致远。疲倦考验着我们，折磨着我们。疲倦也锤炼着我们，升华着我们。

轻裘缓带

唯有松弛才可达久远，唯有松弛才能更深入地开发潜能。

　　有一阵，我对各式各样能让自己放松的法子颇感兴趣。看了不少的书，听了若干的讲座，甚至还向别人传授过放松的技巧，以应对诸如考试时的大脑蓦然空白、马上就要上场讲演却遗忘了最重要的名称等等窘迫的危机。应用的结果是有微效，但无显效。一种治标的法子是，利用身体和心理相辅相成的原理，以规定性的动作让肌肉松弛，期待着达到心境松弛的目的。想法是不错，只是难以百发百中。心理这个东西并不傻，它完全明了你的意图，是一个火眼金睛的上级指挥官。当你还没有开始动作的时候，它就前瞻到了。为什么你的心理会紧张到失措？必有迫它进入这种状态的强大潜在驱力，不针对这个驱力做釜底抽薪的功夫，只是一呼一吸地忙碌着你的肚皮，结果是扬汤止沸，可收一时之功效，却无根除之法力。

泥沙俱下地生活

日常生活的核心，其实是如何善待每人仅此一次的生命。

有年轻人问："对生活，你有没有产生过厌倦的情绪？"

说心里话，我是一个从本质上对生命持悲观态度的人，但对生活，基本上没产生过厌倦情绪。这好像是矛盾的两极，骨子里其实相通。也许因为青年时代，在对世界的感知还混混沌沌的时候，我就毫无准备地抵达了海拔五千米的藏北高原。猝不及防中，灵魂经历了大的恐惧、大的悲哀。平定之后，也就有了对一般厌倦的定力。面对穷凶极恶的高寒缺氧、无穷无尽的冰川雪岭，你无法抗拒人是多么渺小、生命是多么孤单这副铁枷。你有一千种可能性会死，比如雪崩，比如坠崖，比如高原肺水肿，比如急性心力衰竭，比如战死疆场，比如车祸枪伤……但你却在苦难的夹缝当中，仍然完整地活着。而且，只要你不打算立即结束自己，就得继续活下去。愁云惨淡畏畏缩缩的是活，昂扬快乐兴致勃勃的也是活。我盘算了一下，权衡利弊，觉得还是取后种活法比较适宜。不单是自我感觉稍愉快，而且让他人（起码是父母）也较为安宁。就像得过了剧烈的水痘，对类似的疾病就有了抗体，从那以后，一般的颓丧就无法击倒我了。我明白日常生活的核心，其实是如何善待每人仅此一次的生命。如果你珍惜生命，就不必因为小的苦恼而厌倦生活。因为泥沙俱下并不完美的生活，正是组成宝贵生命的原材料。

他又问："你对自己的才能有没有过怀疑或是绝望？"

我是一个"泛才能论"者，即认为每个人都必有自己独特的才能，赞成李白所说的"天生我材必有用"。只是这才能到底是什么，没人事先向我们交底，大家都蒙在鼓里。本人不一定清楚，家人朋友也未必明晰，全靠仔细寻找加上运气。有的人可能一下子就找到了；有的人费时一世一生；还有的人，干脆终生在暗中摸索，不得所终。飞速发展的现代科技，为我们提供了越来越多施展才能的领域。例如，爱好音乐，爱好写作……都是比较传统的项目，热爱电脑，热爱基因工程……则是近若干年才开发出来的新领域。有时想，擅长操纵计算机的才能，以前必定悄悄存在着，但世上没这物件时，具有此类本领潜质的人，只好委屈地干着别的行当。他若是去学画画，技巧不一定高，就痛苦万分，觉得自己不成才。比尔·盖茨先生若是生长在唐朝，整个就算瞎了一代英雄。所以，寻找才能是一项相当艰巨重大的工程，切莫等闲视之。

人们通常把爱好当作才能，一般说来，两相符合的概率很高，但并不像克隆羊那样惟妙惟肖。爱好这个东西，有时候很能迷惑人。一门心思凭它引路，也会害人不浅。有时你爱的恰好是你所不具备特长的东西，就像病人热爱健康、矮个儿渴望长高一样。因为不具备，所以，就更爱得痴迷，九死不悔。我判断人对自己的才能，产生深度的怀疑以致绝望，多半产生于这种"爱好不当"的旋涡之中。因此，在大的怀疑和绝望之前，不妨先静下心来，冷静客观地分析一下，考察一下自己的才能，真正投影于何方。评估关头，最好先安稳地睡一觉，半夜时分醒来，万籁俱寂时，摈弃世俗和金钱的阴影，纯粹从人的天性出发，充满快乐地想一想。

为什么一定要强调充满快乐地去想呢？我以为，真正令才能充分发育的土壤，应该同时是我们分泌快乐的源泉。

他的最后一个问题是："你是怎样度过人生的低潮期的？"

安静地等待。好好睡觉，像一只冬眠的熊。锻炼身体，坚信无论是承受更深的低潮或是迎接高潮，好的体魄都用得着。和知心的朋友谈天，基本上不发牢骚，主要是回忆快乐的时光。多读书，看一些传记，一来增长知识，顺带还可瞧瞧别人倒霉的时候是怎么挺过去的。趁机做家务，把平时忙碌顾不上的活儿都抓紧此时干完。

为自己建立快乐的生长点

只有精神领域的探索是永无止境的,它能提供的快乐也是最高质量的快乐。

人类正在经历有史以来最独特的一个阶段,也可以说是"五千年未有之变革"。嘿!岂止是五千年,简直就是自打人类从树上爬下来之后,五十万年甚或两百万年以来从未有过的奇特阶段。

这就是我们生存的威胁,已经不再是祖先们最恐惧的风霜雨雪等自然灾害,也不再是布帛菽粟的温饱问题,而是来自亲手制造的核灾难和心理樊笼。这是我们第一次面临人的心灵广泛起到主导作用的阶段,是人类自身演变进程的关键时刻。

我们面对的最大矛盾——痛由心生。

饭吃饱了,是好事还是坏事呢?当然是好事了。没有尝过饥饿滋味的人,很难体会到那种极度低血糖带给人的虚弱,具有多么恐怖和濒死的感觉。那个时候能得到一块干粮，简直就是无与伦比的幸福。如果是一块香喷喷的烤肉，更是咫尺天堂。

饥饿是强大的。当饥饿不存在的时候，很多痛彻心扉的欢乐也一去不复返了（这里的痛，要作痛快来理解）。旧的欢乐走了，要有新的欢乐顶上来。否则，人就被剥夺了幸福的重要源泉。

每个人，要为自己建立起快乐的生长点。这是你在新形势、新阶段的新任务。你不能仅仅满足于食物带来的快乐，也不能满足于性本能带来的快乐。那都是动物的本能，虽然不能一笔抹杀，但人毕竟和动物是有重大区别的。

生物的快乐是永远存在的，不过，它们其实是很节制的。比如你的胃，容量就很有限。我曾亲眼在临床上见到过因为吃得太多，而把胃撑爆裂的病人，极其凄惨。我本来以为胃是很结实的器官，而且到了满溢的时刻，就不会接纳更多的食物。其实不然。因为一下子涌进了大量食物，胃就丧失了蠕动的功能，停滞在那里，好像一个懈怠了的橡皮口袋。如果事情局限在这个地步，还不是最糟的，要命的是吃进去的食物，在体温的作用下开始发酵，产生了大量的气体。这时的胃就膨胀起来，变成了一个气球。产的气越来越多，气体终于把胃给撑炸了。当我们用手术刀打开患者腹部的时候，看到的是满肚子白花花的大米饭。我们把破裂的胃切除了，用大量的生理盐水清理腹腔，把那些完全没有消化的大米粒从肝胆的后面和肠子的表层冲洗下来，好像在洗一堆油腻的锅碗瓢盆……手术持续了很长时间，我们多么希望能挽救这个人的生命啊，然而，那些米饭带有大量的病菌，它们污染了洁净的腹腔，让这个人生了极重的败血症，最终逝去。

可见，一个人能吃进肚子的食物，实在是有限度的。

再说那个令人颇感兴趣的"性"。性的物质基础是性器官。当我学习性器官的功能时，接触到一个词，叫作"绝对不应期"。这个医学术语是什么意思呢？

面对一块活体的肌肉，你用电极棒刺激一下，它就反射性地弹跳一下，对你的刺激发生反应。你加快刺激的频率，它的反射也就增快增密。但是，这不是可以无限玩下去的游戏。当你的刺激变得更加频密的时候，肌肉反倒一动不动了。老师说，这组肌纤维进入了"绝对不应期"。任你如何加大刺激的强度，它就是呆若木鸡，毫无反应。用一句通俗点的话来说，肌肉罢工了！

肌肉什么时候复工呢？不知道。理智无法操纵肌肉的规律，除非它休息好了，自愿上工。不然，除了等待，你是一点法子也没有。

老师说："在人体所有的肌肉组群中，男性生殖器的肌肉和心肌的绝对不应期是最长的。为什么，你们知道吗？"

学生们回答说："心肌如果没有足够的休息，无论什么刺激来了都反应一番，心脏就乱跳起来，会发生纤维性颤动，人体的发动机就废了。"

老师说:"回答得很好。那么,生殖器的肌肉为什么也要那么长的休息时间呢?"

那时我们都很年轻,实在不知道这个问题如何回答为好,面面相觑。

老师说:"性可以被用来压抑死亡焦虑。医学不得不承认性的诱惑具有某种极为神奇的力量,是一个强大的避风港,在短时间内可以对抗焦虑。在性的魔力之下,人会陶醉其中。不过,因为生殖器官不是单纯为了给人狂喜的器官,它肩负着繁衍后代的责任。这个工作太辛苦了,所以,它就给这个活动包了一件快乐的外衣,如同药丸外面的那层糖皮。你若是为了糖衣而不停地吃药,一定会把你吃坏。所以,生殖器的肌肉就有了显著的绝对不应期。"

但是,请谨记——性绝不是全部。医学教授谆谆告诫,这显然已经超过了医学的范畴。他说,年轻人啊,如果你把性当成了人生的唯一要务,那么,不但身体不能允许,而且在一切如潮水般消退之后,遗留下来的是无比凄凉和无意义的感觉,世界变得庸俗和单一。尤其是杂交,虽然可以向寂寞的人提供短暂而强大的舒缓,但这必然是饮鸩止渴。

我至今不知道这是不是有科学证明的权威说法,但人的生殖系统绝不是贪得无厌的蠢货,这一点我绝对相信。

既然食欲和性欲带给我们的快乐都是有定量的,那我们到哪里去寻找取之不尽、用之不竭的快乐呢?

只有精神领域的探索是永无止境的,它能提供的快乐也是最高质量的快乐。

每天都冒一点险

有很多的束缚，不在他人手里，而在自己心中。

"衰老很重要的标志，就是求稳怕变。所以，你想保持年轻吗？你希望自己有活力吗？你期待着清晨能在对新生活的憧憬中醒来吗？有一个好办法啊——每天都冒一点险。"

以上这段话，见于一本国外的心理学小册子。像给某种青春大力丸做广告。本待一笑了之，但结尾的那句话吸引了我——每天都冒一点险。

"险"有灾难狠毒之意。如果把它比成一种处境、一种状态，你说是现代人碰到它的时候多呢，还是古代甚至原始时代碰到它的机会多呢？粗粗一想，好像是古代多吧？茹毛饮血刀耕火种的，危机四伏。细一想，不一定。那时的险多属自然灾害，虽然凶残，但比较单纯。现代了，天然险这种东西，也跟热带雨林似的，快速稀少，人工险增多，险种也丰富多了。以前可能被老虎毒蛇害掉，如今是坠机车祸失业污染之伤。以前是躲避危险，现代人多了越是艰险越向前的嗜好。住在城市里，反倒因为无险可冒而焦虑不安。一些商家，就制出"险"来售卖，明码标价。比如"蹦极"这事，实在挺惊险的，要花不少钱，算高消费了。且不是人人享用得了的，像我等体重超标，一旦那绳索不够结实，就不是冒一点险，而是从此再也用不着冒险了。

穷人的险多呢还是富人的险多呢？粗一想，肯定是穷人的险多，爬高下低烟熏火燎的，恶劣的工作多是穷人在操作，就是明证。但富人钱多了，去买险来冒，比如投资或是赌博，输了跳楼饮弹，也扩大了风险的范畴。就不好说谁的险更多一些了。看来，险可以分大小，却是不宜分穷富的。

险是不是可以分好坏呢？什么是好的冒险呢？带来客观的利益吗？对人类的发展有潜在的好处吗？坏的冒险又是什么呢？损人利己夺命天涯？

嘿！说远了。我等凡人，还是回归到普通的日常小险上来吧。

每天都冒一点险，让人不由自主地兴奋和跃跃欲试，有一种新鲜的挑战性。我给自己立下的冒险范畴是：以前没干过的事，试一试，当然了，以不犯法为前提。以前没吃过的东西，尝一尝，条件是不能太贵，且非国家保护动物。（有点自作多情。不出大价钱，吃到的定是平常物。）

目标定下，即有蠢蠢欲动之感。可惜因眼下在北师大读书，冒险的半径范围较有限。清晨等车时，悲哀地想到，"险"像金戒指，招摇而糜费。比如到西藏，可算是大众认可的冒险之举，走一趟，费用可观。又一想，早年我去那儿，一文没花，还给每月六元的津贴，因是女兵，还外加七角五分钱的卫生费。真是占了大便宜。

车来了。在车门下挤得东倒西歪之时，突然想起另一路公共汽车，也可转乘到校，只是我从来不曾试过这种走法，今天就冒一次险吧。于是抽身退出，放弃这路车，换了一条新路线。最后七绕八拐，挤得更甚，费时更多，气喘吁吁地在差一分钟就迟到的当儿，闯进了教室。

不悔。改变让我有了口渴般的紧迫感。一路连颠带跑的，心跳增速，碰了人不停地说对不起，嘴巴也多张合了若干次。

今天的冒险任务算是完成了。变换上学的路线，是一种物美价廉的冒险方式，但我决定仅用这一次，原因是无趣。

第二天冒险生涯的尝试是在饭桌上。平常三五同学合伙吃午饭，AA制，各点一菜，盘子们会聚一堂，其乐融融。我通常点鱼香肉丝、辣子鸡丁类，被同学们讥为"全中国的乡镇干部都是这种吃法"。这天凭着"巧舌如簧"的菜单，要了一客"柳芽迎春"，端上来一看，是柳树叶炒鸡蛋。叶脉宽得如同观音净瓶里洒水的树枝，还叫柳芽，真够谦虚了。好在碟中绿黄杂糅，略带苦气，味道尚好。

第三天的冒险颇费思索。最后决定穿一件宝石蓝色的连衣裙去上课。要说这算什么冒险啊，也不是樱桃红或是帝王黄色，蓝色老少咸宜，有什么穿不出去的。怕的是这连衣裙有一条黑色的领带，好似起锚的水兵。衣服是朋友所送，始终不敢穿的症结正因领带。它是活扣，可以解下。为了实践冒险计划，鼓足了勇气，我打着领带去远航。浑身不自在啊，好像满街筒子的人都在端详议论，仿佛在说："这位大妈是不是有毛病啊，把礼仪小姐的职业装穿出来了？"极想躲进路边公厕，一把揪下领带，然后气定神闲地走出来。但为了自己的冒险计划，我咬着牙坚持了下来。走进教室的时候，同学友好地喝彩，老师说："哦，毕淑敏，这是我自认识你以来，你穿的最美丽的一件衣裳。"

三天过后，检点冒险生涯，感觉自己的胆子比以往大了一点。有很多的束缚，不在他人手里，而在自己心中。别人看来微不足道的一件事，在本人，也许已构成了腱鞘般的裹挟。突破是一个过程，首先经历心智的拘禁，继之是行动的惶惑，最后是成功的喜悦。

欣喜是自酿的

人世间的俗常生活，也蕴藏着天然的幸福因子，白霜般黏结在生活的缝隙中。

第一次认得"酿"这个字，它和"酝"肩并肩，相依为命。不过跟在它们俩身后的，是"会议"和"人选"这样正襟危坐的词。所以，我觉得"酝酿"是很严肃的行为。

后来才知道，酝酿本是家常事情。"酝"的繁体字，偏旁还是"酉"，只是右边为"温暖"的"温"字之一半，意思就是温热和暖。"酿"的繁体字，左边也还是"酉"，右边是个"襄"字，指的是包裹容纳之意。这两个字连在一起，描述的是在谷物中放置酵曲，让谷物慢慢发酵的过程。只要静候的时间足够长，原本的粮食就会因曲种不同，变成酒、酱油、醋、干酱等不同成品。"酝酿"如同一根金手指，探入谷物之后，让原粮成了脱胎换骨的妙品。

比如，红葡萄酒和葡萄是大不同的，虽然它们还羞涩地保留着一脉相承的殷红。

黄豆和豆瓣酱也分道扬镳了，虽然它们都还保存着某些破损的豆瓣。

醋和它的前身就更南辕北辙了。洁净的透明米醋有得道成仙的飘逸，它粗糙的前身像池塘中的泥。

酝酿就是如此惊艳，时间与曲种合谋，平凡的谷物开始升华，自此酿泉为酒，积微成著，点石成金。

曹操除了金戈铁马可歌可泣，还会酿酒。他呈给献帝的酿酒秘方，从用曲多少用稻多少，到何日渍曲几日一酿，都说得条理分明。甚至给酿得不成功的酒，指出了一条洗心革面之路——"若以九酝苦难饮，增为十酿"，即可变成好酒，能够甘饮了。

古代的知识女性卓文君也是会酿酒的。靠自己双手劳作，酿出的美酒，一时间竟成了私奔之后司马相如小饭店的招牌。

现代的女人男人，很少会酝酿之法。葡萄酒是在酒厂制造的，酱油是在酱油厂生产的，醋是在醋厂完成的。我们荒疏了很多本领，以为万物都是从超市的货架上诞生的。

我有个朋友是红酒庄的品酒师。我在他那里速成过红酒的知识，为了自己写小说描绘贵族晚宴的时候不至于露怯。他耐心讲解，希望我能成材。谆谆讲解多次之后，进入了验收阶段。

他拿出"酒鼻子"，考查我的长进。

"酒鼻子"这名字说起来凡俗，实则是一种来自法国的专业品酒鉴赏工具。它把葡萄酒的香气收集起来，制成类似标本的小瓶子，包含了葡萄酒中常见的 78 种典型气味。共分为 54 个香味系列，12 个浊味和 12 个橡木系列。水果、花卉、树木、草本、香料、动物等味道无不囊括其中。比如荔枝、黑醋栗、松露、胡椒、烤杏仁等八竿子打不着的气味，在"酒鼻子"里都占据一席之地。

合格的品酒师，要能准确地说出各种气味的名称。

当我成功地把"酒鼻子"中的某一果香，说成是"柿子椒味"之后，品酒师以绅士的绝望表达了对我的遗弃。

不过，我可没有以怨报德地放弃他。某年夏天，我的一位朋友送来了一大篓优质葡萄，晶莹欲滴，紫霜盖顶，我以为他从花果山归来。

"非常好的葡萄。""猴王"汗水涔涔地说。

"是啊是啊。"我频频点头，然后为难地说，"这么多，怎么吃得完？"

"把它们冻起来。寒冬腊月时，拿出一粒，往嘴里一扔，嘎嘣脆，你可以咂摸出夏秋的味道。""猴王"说。

我下意识地托了托腮，琢磨我的槽牙可经得住这般乍暖还寒？

不管怎么说，我表示了衷心的感谢。"猴王"走后，我给能想得起的亲朋打电话，约好送葡萄的时间。整整奔波一天，所余葡萄之量仍是惊人。

我给绅士品酒师打电话说:"我要送您一些上好的葡萄。"

"给我送葡萄,有点像给渔民送蛤蜊。"酒绅士回答。

"但是,我的葡萄太多了,放下去会坏掉,暴殄天物啊!"我真有点急了。

"那您可以把它们酿成葡萄酒。"酒绅士说。

"酿……酒?完全不会。"我茫然。

"酿酒并不难,从前几乎所有的女人都会酿酒。我把要领教给您,网上也有攻略。您只需准备一些干净的玻璃容器就行了。"酒绅士轻描淡写。

在送无可送的危急情况下,为了挽救葡萄,只有学习酿酒。

"哪儿能有酒曲?"我突然想到这一极重要的问题。

"如果您是专业的酿酒工厂,当然需要酒曲。但您在家里试着酿这么一点葡萄,可以不用酒曲。"酒绅士说。

"本来我就是生手,再没有酒曲,这不还没启动就意味着完全失败吗?"我气急败坏,觉得这酒绅士草菅人命。哦,确切地说,是草菅葡萄命。

酒绅士说:"您的葡萄上可有一层白霜似的东西?"

我说:"有。"

酒绅士说:"这正是天然野生的酵母菌。您只要在清洗葡萄的时候不要把它们一网打尽,等上一段时间,它们就能自动把葡萄发酵成酒了。"

我半信半疑，说："就这么简单？"

酒绅士说："是的。您想想，最初的葡萄酒一定是自然发酵的，那时候，哪里有现成的酒曲呢。请相信大自然。"

我仍不死心，在网上搜索了一下"酒曲"。结果是酿糯米酒的曲种好买，酿葡萄酒的曲种只供批发，起批点足够发酵一吨葡萄。我这一堆命运多舛的葡萄，只有仰仗大自然的馈赠了。

按照酒绅士的指示，我把葡萄洗净晾干（保留了葡萄上的白霜，并对它们寄予厚望），然后戴上一次性手套，将葡萄一一捏碎。看着猩红的汁液鲜血般淌入干净的玻璃容器中，心中像农妇般祈祷——葡萄啊葡萄，请你快快变成酒！

之后的每一天，我几乎每个小时都去张望酝酿中的葡萄，看它们在粉身碎骨之后如何踏上涅槃之路。

葡萄们开始发泡膨胀，紫色的皮和灰白的籽向上浮动，在表面形成痂皮，臃肿而纷杂，简直和腐朽的垃圾差不多。我向酒绅士悲哀地报告，他毫不惊诧地说，这是发酵的正常过程，酒酵母正在把葡萄中的糖分化为酒精，少安毋躁，慢慢等待。

简短截说，在十几天的煎熬之后，我终于发现盛放葡萄的容器中，不再向上翻涌气泡，渐渐安静下来，汁液趋向澄清。

"您可以过滤它们。"酒绅士遥控。

过滤之后，葡萄汁女大十八变，居然有了葡萄酒的模样。

我向酒绅士报告喜讯，他仍旧是淡然的，说："好啊。"

我说："下一步呢？"

他说："您可以把它们斟入酒杯，品尝一下。"

我有点诚惶诚恐，斟进酒杯的时候，居然有轻微的紧张。之后，我喝到了自己酿出的葡萄酒，清爽甘甜。

那一瞬，我吐着舌头呆住了。我一直认为我把葡萄酿坏是理所当然的，倒是这不可思议的简单平顺之成功，令人愕然。

我立马向酒绅士报喜。他并没有我这般兴奋，只是说："您赶快把过滤完的酒汁，用50摄氏度加热蒸一下。记住啊，温度既不能过高，也不能过低。之后，满瓶、密封、低温、避光保存。存储不得超过半年，就得喝完。"

我说："为什么？"

他说："防止酒变成醋。"

我说："酒是酒醋是醋，两者怎么会混淆？"

酒绅士说："它们相隔并不远。在天然酵母菌存在的地方，也有天然醋酸菌存在。发酵完成之时，酵母菌就被自己生成的酒精杀死了，但醋酸菌还能继续存活。"

我放下电话，思忖的结果是决定背弃老师。我想看到"酝酿"的全过程。一天过后，酒果真开始发酸。最初是若有若无的轻柔酸气，几天之后，就势不可当地变成了彻头彻尾的醋。

我向酒绅士报告我的最终产品。他沉吟了一下说："已经变成醋的酒，是没有任何方法复原的。果醋也是葡萄的升华。"

实事求是地说，葡萄醋味道不错，冰过之后兑水喝，有秋天的清香。

小口喝着自酿的葡萄醋，不知怎的联想到了幸福。幸福并不是与生俱来的，就像如果不经过酿造，葡萄和酒并不等同。对于幸福的把握，需要学习，需要等待，需要时间和努力。很多人以为幸福和外部介入有关系，就像我以为酿酒一定要有酒曲，要有外力的促发。这个外来的介入物，要么是一笔偶然财富，要么是一个天降奇迹，要么是巧遇了一位贵人或是追求到一个爱人，要么是误打误撞莫名其妙的好运……

毋庸讳言，外界当然是有一些益于幸福发酵的颗粒存在，就像需要购买的酒曲。但请注意，好运气并不直接等同于幸福。每天做白日梦般期待外在的福祉，是年轻时很容易陷入的盲区。

请向一颗葡萄学习，它本身就携带着野生的酵母菌，一旦时机成熟，就会发酵成新的生命。人世间的俗常生活，也蕴藏着天然的幸福因子，白霜般黏结在生活的缝隙中。那就是我们对人世间的善良期望，是我们坚守勤劳的信念，是我们的真诚和友爱，是我们的努力和慈悲。只要有了这些，即使没有外来的助力，一样能创造出属于自己的幸福。需要的只是时间和持之以恒。这就是酝酿幸福的过程。

自己的不慎，导致了不幸时，我们常常会说——谁谁自己酿出了一杯苦酒。是不是可以反过来说，幸福也是自己酿的呢？有葡萄在，就有野生的酵母菌在，有生活在，就有天然的幸福因子在。只要努力，葡萄和我们都有希望走向升华。

幸福和不幸永在

科学提供了产生幸福的新的机遇，但科学并不导致幸福的必然出现。

我不认为幸福与科学有什么成比例的关系。也就是说，它们分属于两个系统。一个是情感的范畴，属于精神的领域。一个是物质的范畴，属于无生命的领域（这样划分不严谨，对生命科学有点不敬，请原谅。我说的生命指的是变幻万千的活体感觉）。在科学产生之前很久，幸福就存在于我们的感知之中。后来科学出现了，但幸福感并没有出现相应的增长，它们是两股道上跑的车，虽然有的时候，轨道会发生小小的交叉。

我相信在原始人那里，远在科学的胚胎还裹于子夜的黑暗襁褓之中，幸福就顽强地莅临刀耕火种的山洞。证据之一就是那个时候的人，快乐地唱歌和跳舞，还创造出玄妙的神话和精美的文字。你不能说在通红的篝火旁手舞足蹈的那些裸人，不知道什么是幸福。如果谁硬要这么说，以为只有现代人方知晓和能够享受幸福，因而看不起我们的祖先，那倘若不是出于无知，就是赤裸的现代沙文主义。

在某种物质十分匮乏的时候，它一旦出现，可能会在短暂的时间内帮助引发幸福的感觉。比如，一名男子十分思念热恋中的女友，如果在古代，他只有骑上一匹马，在草原上驰骋三天三夜，才能一睹女友的芳颜，当他看到女友眸子的那一瞬，我相信荡漾在他内心的感觉，就是幸福。如今，当同样的思念袭来的时候，他可以买上一张机票，两个小时之后就平安到达上海，当看到女友眸子的那一瞬，我相信他的幸福感同样强烈和震撼。

我们可以简单地说，飞机是和科学有重要关联的物件。因此，好像科学帮助了幸福。但接下来的问题是，这种幸福感的来源是马匹，是飞机，抑或是草原上的风还是空中的白云？我想，可能众说纷纭。即便问当事人，也会有不同的答案。会有人说，幸福当然和马匹和飞机有关了。如果没有马匹和飞机，这对相爱的恋人如何聚到一起？从马匹到飞机，这就是科技的进步和力量，使幸福的感觉提前出现，并变得比以前要省事容易。

我不同意这种意见。理由很简单，马匹和飞机只是这个人通往幸福的工具，而非幸福的理由和必然。在那架飞机上有很多乘客，有的人是例行公事，有的人还可能是奔丧。幸福和飞机的翅膀无关，只和当事人的心情有关。幸福是一种心灵深层的感觉，在最初的温饱和生理需求得到满足之后，它主要来源于人的精神体系的满足。

我知道我的观点可能会遭到很多人的质疑。比如有人会说，当你患病的时候，突然有了特效的药品，难道你和你的亲人不浮现出幸福的感觉吗？这死里逃生的光芒难道不是直接来源于科学的太阳吗？

我当过很多年的医生，我知道科技的进步对生命的延续是怎样重要和宝贵。但生命延续的本身，并不一定达至幸福的彼岸。生命只是幸福感得以附丽的温床，生命本身是一个中性的存在。它是既可以涂写痛苦也可以泼洒快乐的一幅白绢。当病人和他的家属为某种特效药喜极而泣的时候，那种幸福的感觉主要源自骨肉间的深情。如果没有这种生死相依的情感，任何药物都无法发动快乐和幸福的过山车。

科学使粮食的产量增高，但这个世界上依然有吃不饱的穷人。既然引发贫困的源头不是科学，那么由贫穷所导致的痛苦，也不是科学的创可贴所能抚平的。科学使交通工具的速度更快，人们可以更迅捷地从甲地到乙地。但时间的缩短和幸福的产出，并不成正相关。君不见朝夕相处近在咫尺的夫妻，往往并不充溢幸福，而是满怀深仇？科学使人类升上太空，得以了解遥远的宇宙发生的变化。但我看到一位宇航员的回忆录说，他在太空中最深刻的想念是回到地球。科学发现了原子能巨大的力量，但核武器的堆积，把人类推到了亘古未有的悬祸之中。科学延长了老年人的生命，但如果没有亲情的滋润和生存的尊严，这份延长的时间便与幸福毫不相干。

科学提供了产生幸福的新的机遇，但科学并不导致幸福的必然出现。我看到国外的一份心理学家的报告，说在地铁卖唱为生的流浪者和千万富翁对于幸福的感知频率与强度，几乎是一样的。当一个人晚饭没有着落的时候，一个好心人给的汉堡就能给他带来幸福的感觉，但千万富翁就丧失了得到这份幸福的缘分。幸福是不嫌贫爱富的，我们至今没有办法确知某一种情况将必然导致幸福，同样，也无法确认某一种情况将必然导致不幸。

妈妈看到婴儿的出生，想来是天下的大幸福。但对一个未婚母亲或是遭夫遗弃的妻子来说，这幸福的强度就可能要打折扣。生命消失之际按说和幸福不搭界，但我确实听到过一个人在他生命垂危之际说他很幸福——这个人就是我的父亲。这是他所给予我的最宝贵的精神财富之一，令我知道即使是面对永恒的消失，人也可以满怀幸福地沉稳走去。

说到这儿，离科学就有些远了，而是和人性有了更多的链接。科学要发展，人性要完善，幸福和不幸永在。

提醒幸福

简言之,幸福就是没有痛苦的时刻。它出现的频率并不像我们想象的那样少。

我们从小就习惯了在提醒中过日子。天气刚有一丝风吹草动,妈妈就说:"别忘了多穿衣服。"才相识了一个朋友,爸爸就说:"小心他是个骗子。"你取得了一点成功,还没容得乐出声来,所有关切着你的人一起说:"别骄傲!"你沉浸在欢快中的时候,自己不停地对自己说:"千万不可太高兴,苦难也许马上就要降临……"

我们已经习惯于提醒,提醒的后面总是灾祸。灾祸似乎成了提醒的专利,把提醒染得充满了淡淡的贬义。

我们已经习惯了在提醒中过日子。看得见的恐惧和看不见的恐惧始终像乌鸦盘旋在头顶。

在皓月当空的良宵,提醒会走出来对你说:"注意风暴。"于是我们忽略了皎洁的月光，急急忙忙做好风暴来临前的一切准备。当我们大睁着眼睛枕戈待旦之时，风暴却像迟归的羊群，不知在哪里徘徊。当我们实在忍受不了等待灾难的煎熬时，我们甚至会恶意地祈盼风暴早些到来。

在许多个夜晚，风暴始终没有降临。我们辜负了冰冷如银的月光。

风暴终于姗姗地来了。我们怅然发现，所做的准备多半是没有用的。事先能够抵御的风险毕竟有限，世上无法预计的灾难却是无限的。战胜灾难靠的更多的是临门一脚，先前的惴惴不安帮不上忙。

当风暴的尾巴终于远去时，我们守住零乱的家园。气还没有喘匀，新的提醒又智慧地响起来，我们又开始对未来充满恐惧的期待。

人生总是有灾难。其实大多数人早已练就了对灾难的从容，我们只是还没有学会灾难间隙的快活。我们太多注重了自己警觉苦难，我们太忽视提醒幸福。

请从此注意幸福！

幸福也需要提醒吗？

提醒注意跌倒……提醒注意路滑……提醒受骗上当……提醒荣辱不惊……先哲们提醒了我们一万零一次，却不提醒我们幸福。

也许他们认为幸福不提醒也跑不了的。也许他们以为好的东西你自会珍惜,犯不上谆谆告诫。也许他们太崇尚血与火,觉得幸福无足挂齿。他们总是站在危崖上,指点我们逃离未来的苦难。

但避去苦难之后的时间是什么?

那就是幸福啊!

享受幸福是需要学习的,当幸福即将来临的时刻需要提醒。人可以自然而然地学会感官的享乐,人却无法天生地掌握幸福的韵律。灵魂的快意同器官的舒适像一对孪生兄弟,时而相傍相依,时而南辕北辙。

幸福是一种心灵的震颤。它像会倾听音乐的耳朵一样,需要不断地训练。

简言之,幸福就是没有痛苦的时刻。它出现的频率并不像我们想象的那样少。人们常常只是在幸福的金马车已经驶过去很远,捡起地上的金鬃毛说,原来我见过它。

人们喜爱回味幸福的标本,却忽略幸福披着露水散发清香的时刻。那时候我们往往步履匆匆,瞻前顾后不知在忙着什么。

世上有预报台风的,有预报蝗虫的,有预报瘟疫的,有预报地震的。没有人预报幸福。

其实幸福和世界万物一样,有它的征兆。

幸福常常是朦胧的,很有节制地向我们喷洒甘霖。你不要总希冀轰轰烈烈的幸福,它多半只是悄悄地扑面而来。你也不要企图把水龙头拧得更大，使幸福很快地流失。而需静静地以平和之心，体验幸福的真谛。

幸福绝大多数是朴素的。它不会像信号弹似的，在很高的天际闪烁红色的光芒。它披着本色外衣，亲切温暖地包裹起我们。

幸福不喜欢喧嚣浮华，常常在暗淡中降临。贫困中相濡以沫的一块糕饼，患难中心心相印的一个眼神，父亲一次粗糙的抚摸，女友一个温馨的字条……这都是千金难买的幸福啊。像一粒粒缀在旧绸子上的红宝石，在凄凉中愈发熠熠夺目。

幸福有时会同我们开一个玩笑，乔装打扮而来。机遇、友情、成功、团圆……它们都酷似幸福，但它们并不等同于幸福。幸福会借了它们的衣裙，袅袅婷婷而来，走得近了，揭去帏幔，才发觉它有钢铁般的内核。幸福有时会很短暂，不像苦难似的笼罩天空。如果把人生的苦难和幸福分置天平两端，苦难体积庞大，幸福可能只是一块小小的矿石。但指针一定要向幸福这一侧倾斜，因为它有生命的黄金。

幸福有梯形的切面，它可以扩大也可以缩小，就看你是否珍惜。

我们要提高对于幸福的警惕，当它到来的时刻，激情地享受每一分钟。据科学家研究，有意注意的结果比无意的要好得多。

当春天来临的时候,我们要对自己说:"这是春天啦!"心里就会泛起茸茸的绿意。

幸福的时候,我们要对自己说:"请记住这一刻!"幸福就会长久地伴随我们。

那我们岂不是拥有了更多的幸福!

所以,丰收的季节,先不要去想可能的灾年,我们还有漫长的冬季来得及考虑这件事。我们要和朋友们跳舞唱歌,渲染喜悦。既然种子已经回报了汗水,我们就有权沉浸幸福。不要管以后的风霜雨雪,让我们先把麦子磨成面粉,烘一个香喷喷的面包。

所以,当我们从天涯海角相聚在一起的时候,请不要踌躇片刻后的别离。在今后漫长的岁月里,有无数孤寂的夜晚可以独自品尝愁绪。现在的每一分钟,都让它像纯净的酒精,燃烧成幸福的淡蓝色火焰不留一丝渣滓。让我们一起举杯,说:我们幸福。

所以,当我们守候在年迈的父母膝下时,哪怕他们鬓发苍苍,哪怕他们垂垂老矣,你都要有勇气对自己说:我很幸福。因为天地无常,总有一天你会失去他们,会无限追悔此刻的时光。

幸福并不与财富地位声望婚姻同步,它只是你心灵的感觉。

所以,当我们一无所有的时候,我们也能够说,我很幸福。

因为我们还有健康的身体。当我们不再享有健康的时候,那些最勇敢的人可以依然微笑着说:我很幸福。因为我还有一颗健康的心。甚至当我们连心都不再存在的时候,那些人类最优秀的分子仍旧可以对宇宙大声说:我很幸福。因为我曾经生活过。

常常提醒自己注意幸福,就像在寒冷的日子里经常看看太阳,心就不知不觉暖洋洋亮光光。

重要并不是伟大的同义词,
它是心灵对生命的允诺。

真正的爱,
不是诱惑,
是温暖。

第四章

好的人际关系，会成为你的力量

你的支持系统

一个人，在世界上行走，没有好的支持系统是不能持久的。

那天我回到家中，面对着先生拿出一张白纸。然后我对他说："在纸的上面，请写下'我的支持系统'这几个字。在纸的左面，请写下'人物的称谓或姓名'，在纸的右面，请写下'与我的关系'。好了，开始吧，尽快。不假思索。你要知道，所有的心理测验都烦再三斟酌。"

他笑眯眯地看着我说："你今天又学习到了什么新知识，想在我这里做个试验？"

我说："你猜得很准嘛。好吧，听我慢慢说个分明。"

"我们每个人都有一个支持系统，就像一个好汉三个帮、一个篱笆三个桩。比如说，柱子是宫殿的支持系统，双脚是身体的支持系统，绿叶是花朵的支持系统，桥墩是高架桥的支持系统……一个人，在世界上行走，没有好的支持系统是不能持久的。它是我们闯荡江湖的根据地,它是我们长途跋涉的兵站。当我们疲倦的时候,可以在那里的草丛栖息。当我们忧郁的时候,可以在那里的小屋倾诉。当我们受到委屈的时候,可以在那里的谅解中洒下一串泪珠。当我们快乐的时候,可以在那里的相知中聊发少年之狂……

"这种精神的疗养生息之地,你有多少储备?"

先生是个缜密的人,他说:"既然你已做完了这道测验,不妨把你的讲来听听。"

我说:"好啊。我告诉你。"

我最先写下了我的母亲……

于是忆起那天的课堂。

静寂。这是心理测验常常出现的情形。人们在想。片刻之后,有人就唰唰地动起笔来。这种事情,一旦有人开了头,谁都顾不了谁了。同学们埋头去写,然后分成小组,描述自己的支持系统。基本上包括这样几类——亲属、同学、师长……

有同学说:"我飞快地检视了自己业已走过的人生,我为自己多年来储备下的丰厚资源而欣慰。我对自己的今后更有把握和信心了。我的支持系统,从我幼年的朋友到最新的职业同事,他们涵盖了我的历程。好似风暴过后海滩上遗下的贝壳,那是经历了考验的生命的礼品。"

有一位同学的支持系统是一片空白。他坦诚地说:"我的支持系统就是没有一个人。我是自己支持自己,是思想支持着我。也许,这是因为'文革'中有人告密,使我不需要知心的人。"

不管怎么说,我钦佩这位同学的坦率。很有些人在这种时候,不敢暴露自己,明明没有,但他随便填上几个名字,把自己凄凉的真实隐藏起来。但是,你要想一想,为什么自己的支持系统是空白呢?再有,如果有的同学全部填写的是家庭成员,那也是不够完备的。如果一个中学生,他的支持系统也都是同龄人,那么,很容易出现瞎子领瞎子的情况,要引起辅导员的高度注意。支持系统的性别单一化,也是不理想的。理想的支持系统应该是两性都有。

回家去问妈妈

在我和最亲近的母亲之间,潜伏着无数盲点。

那一年游敦煌回来,兴奋地同妈妈谈起戈壁的黄沙和祁连的雪峰。说到在丝绸之路上僻远的安西,哈密瓜汁甜得把嘴唇粘在一起……

"安西!多么遥远的地方!我在那里体验到莫名其妙的感动。除了我,咱们家谁也没有到过那里!"我得意地大叫。

一直安静听我说话的妈妈,淡淡地插了一句:"在你不到半岁的时候,我就怀抱着你,走过安西。"

我大吃一惊,从未听妈妈谈过这段往事。

妈妈说:"你生在新疆,长在北京。难道你是飞来的不成?以前我一说起带你赶路的事情,你就嫌烦。说知道啦,别再啰唆。"

我说:"我以为你是坐火车来的,一件司空见惯的事情。"

妈妈依旧淡淡地说:"那时候哪有火车?从星星峡经柳园到兰州,我每天抱着你,天不亮就爬上装货卡车的大厢板,在戈壁滩上颠呀颠，半夜才到有人烟的地方。你脏得像个泥巴娃娃，几盆水也洗不出本色……"

我静静地倾听妈妈的描述，才知道我在幼年时曾带给母亲那样的艰难，才知道发生在安西的感动源远流长。

我突然意识到，在我和最亲近的母亲之间，潜伏着无数盲点。

我们总觉得已经成人，母亲只是一间古老的旧房。她给我们的童年以遮庇，但不会再提供新的风景。我们急切地投身外面的世界，寻找自我的价值。全神贯注地倾听上司的评论，字斟句酌地印证众人的口碑，反复咀嚼朋友随口吐露的一点印象，甚至会为恋人一颦一笑的含意彻夜思索……我们极其在意世人对我们的看法，因为世界上最困难的事莫过于认识自己。

我们恰恰忘了，当我们环视整个世界的时候，有一双微微眯起的眼睛，始终在背后凝视着我们。那是妈妈的眼睛啊！

我们幼年的顽皮，我们成长的艰辛，我们与生俱来的弱点，我们异于常人的禀赋……我们从小到大最详尽的档案，我们失败与成功每一次的记录，都贮存在母亲宁静的眼中。

她是世界上第一个认识我们的人。我们何时长第一颗牙？我们何时说第一句话？我们何时跌倒了不再哭泣？我们何时骄傲地昂起了头颅？往事像长久不曾加洗的旧底片，虽然暗淡，却清晰地存放在母亲的脑海中，期待着我们将它放大。

所有的妈妈都那么乐意向我们提起我们小时的事情，她们的眼睛在那一瞬，像露水般年轻。我们是她们制造的精品，她们像手艺精湛的老艺人，不厌其烦地描绘打磨我们的每一个过程。

我们厌烦了。我们觉得幼年的自己是一件半成品，更愿以光润明亮、色彩鲜艳、包装精美的成年姿态，出现在众人面前。

于是我们不客气地对妈妈说："老提那些过去的事，烦不烦呀？别说了，好不好？！"

从此，母亲就真的噤了声，不再提起往事。有时候，她会像被抛上岸的鱼，突然张开嘴，急速地扇动着气流……她想起了什么，但她终于什么也没有说，干燥地合上了嘴唇。我们熟悉了她的这种姿势，以为是一种默契。

为什么怕听母亲讲过去的事情？是不愿承认我们曾经弱小？是不愿承载亲人过多的恩泽？我们在人海茫茫世事纷繁中无暇多想，总以为母亲会永远陪伴在身边，总以为将来会有某一天让她将一切讲完。

在一个猝不及防的刹那，冰冷的铁门在我们身后突然落下。温暖的目光折断了翅膀，掩埋在黑暗的那一边。

我们在悲痛中愕然回首，才发现自己远远没有长大。

我们像一本没有结尾的书，每一个符号都是母亲用血书写的。我们还未曾读懂，著者已撒手离去。从此我们面对书中的无数悬念和秘密，无以破译。

我们像一部手工制造的仪器，处处缠绕着历史的线路。母亲走了,那唯一的图纸丢了。从此我们不得不在暗夜中孤独地拆卸自己,焦灼地摸索着组合我们性格的规律。

当那个我们快乐时,她比我们更欢喜,我们忧郁时,她比我们更苦闷的人,头也不回地远去的时候,我们大梦初醒。

损失了的文物永不能复原,破坏了的古迹再不会重生。我们曾经满世界地寻找真诚,当我们明白最晶莹的真诚就在我们身后时,猛回头,它已永远熄灭。

我们流落世间,成为飘零的红叶。

趁老树的虬枝还郁郁葱葱时,让我们赶快跑回家,去问妈妈。

问她对你充满艰辛的诞育,问她独自经受的苦难。问清你幼小时的模样,问清她对你所有的期冀……你安安静静地偎依在她的身旁,听她像一个有经验的老农,介绍风霜雨雪中每一穗玉米的收成。

一定要赶快啊!生命给我们的允诺并不慷慨,两代人命运的云梯衔接处,时间只是窄窄的台阶。从我们明白人生的韵律,距父母还能明晰地谈论以往,并肩而行的日子屈指可数。

给母亲一个机会,让她重温创造的喜悦;给自己一个机会,让我深刻洞察尘封的记忆;给众人一个机会,让他们全面搜集关于一个人一个时代的故事。

在春风和煦或是大雪纷飞的日子,赶快跑回家,去问妈妈。让我们一齐走向从前,寻找属于我们的童话。

倾听，是你的魅力

倾听是老老实实的活儿，来不得半点虚假和做作。

我读心理学博士的时候，有一篇作业是研究"倾听"。刚开始我想这还不容易啊，人有两耳，只要不是先天失聪，落草就能听见动静。夜半十分，人睡着了，眼睛闭着，耳轮没有开关，一有月落乌啼，人就猛然惊醒，想不倾听都做不到。再者，我做内科医生多年，每天都要无数次地听病人倾倒满腔苦水，鼓膜都起茧子了，所以，倾听对我应不是问题。

查了资料，认真思考，才知差距多多。在"倾听"这门功课上，许多人不及格。如果谈话的人没有我们的学识高，我们就会虚与委蛇地听。如果谈话冗长烦琐，我们就会不客气地打断叙述。如果谈话的人言不及义，我们会明显地露出厌倦的神色。如果谈话的人缺少真知灼见，我们会讽刺挖苦，令他难堪……凡此种种，我都无数次地演过，至今一想起来，无地自容。

世上的人天然就掌握了倾听艺术的，可说凤毛麟角。

不信，咱们来做个试验。

你找一个好朋友，对他说："我现在同你讲我的心里话，你却不要认真听。你可以东张西望，你可以搔首弄姿，你也可以听音乐、梳头发，干一切你忽然想到的小事，你也可以环顾左右而言他……总之，你什么都可以做，就是不必听我说。"

当你的朋友决定配合你以后，这个游戏就可以开始了。你必须拣一件撕肝裂胆的痛苦事来说，越动感情越好，切不可潦草敷衍。

好了，你说吧……

我猜你说不了多长时间，最多三分钟就会鸣金收兵，无论如何也说不下去了。面对着一个对你的疾苦、你的忧愁无动于衷的家伙，你再无兴趣敞开襟怀。不但你缄口了，而且你感到沮丧和愤怒。你觉得这个朋友愧对你的信任，太不够朋友，你决定以后和他渐行渐远，你甚至怀疑认识这个人是不是一个错误……

你会说，不认真听别人讲话会有这样严重的后果吗？我可以很负责地告诉你，正是如此。有很多我们丧失的机遇，有若干阴差阳错，有不少失之交臂的朋友，甚至各奔东西的恋人，那绝缘的起因都是我们不曾学会倾听。

好了，这个不愉快的游戏我们就做到这里。下面，我们来做一个令人愉快的活动。

还是你和你这个朋友。这一次，是你的朋友向你诉说刻骨铭心的往事。请你身体前倾，请你目光和煦。你屏息关注他的眼神，你随着他的情感而起伏。如果他高兴你也报以会心的微笑，如果他悲哀你便陪着垂下眼帘，如果他落泪了，你温柔地递上纸巾，如果他久久地沉默，你也和他一样缄口不言……

非常简单，当他说完了，游戏就结束了。你可以问问他，在你这样倾听他的过程中，他感受到了什么？

我猜，你的朋友会告诉你，你给了他尊重，给了他关爱。给他的孤独以抚慰，给他的无望以曙光，给他的快乐加倍，给他的哀伤减半，你是他最好的朋友之一，他会记得和你一道度过的难忘时光。

这就是倾听的魔力。

倾听的"倾"字，我原以为就是表示身体向前斜着，用肢体表示关爱与注重，翻查字典，其实不然。或者说仅仅这样理解是不够全面的。倾听，就是"用尽力量去听"。这里的"倾"字，类乎倾巢出动、倾箱倒箧、倾国倾城、倾盆大雨……总之，殚精竭虑，毫无保留。

可能有点夸张和矫枉过正，但倾听的重要性我以为必须提到相当的高度认识，这是一个人心理是否健康的重要标志之一。人活在世上，说和听是两件要务。说，主要是表达自己的思想情感和意识，每一个说话的人都希望别人能够听到自己的声音。听，就是接收他人描述内心想法的信息,以达到沟通和交流的目的。听和说像是鲲鹏的两只翅膀,必须协调展开,才能直上九万里。

现代生活飞速地发展,人的一辈子不再是蜷缩在一个小村或小镇,而是纵横驰骋、漂洋过海;所接触的人不再是几十一百,很可能成千上万。要在相对短的时间内,让别人听懂你的话,并且在两个头脑之间产生碰撞,这就变成了心灵的艺术。

现今鼓励青年的励志书很多,教你怎样展现自我优点,怎样在第一时间给人一个好印象,怎样通过匪夷所思的面试,怎样追逐一见钟情的异性……都有不少绝招。有人就觉得人际交往是一个充满了技术的领域,是可以靠掌握若干独门功夫就能游刃有余的领域。其实,享有好的人际关系,学会交流,听比说更重要。

从人的发展顺序来看,我们是先学着听。我之所以用了"学着"这个词,是因为如果没有系统的学习,有的人可能终其一生都没能学会如何"听"。他可以听到雪落的声音,可他感觉不到肃穆;他可以听到儿童的笑声,可他感受不到纯真;他可以听到旁人的哭泣,却体察不到他人的悲苦;他可以听到内心的呼唤,却不知怎样关爱灵魂。

从婴儿开始,我们就无意识地在听,听亲人的呼唤,听自然界的风雨,听远方的信息,听社会的约定俗成。这是一种模糊的天赋,是可以发扬也可以湮灭的本能。有人练出了发达的听力,有人干脆闭目塞听。有很多描绘这种状态的词,比如充耳不闻、置若罔闻；对"闻"还有歧视性的偏见，比如百闻不如一见。

听是需要学习的，它比"说"更重要。如果我们没有听到有关的信息，我们的"说"就是无的放矢。轻率的人容易下车伊始就叽里呱啦地说，其实沉着安静地听，更是人生的大境界。

只有认真地听，你才能对周围有更确切的感知，才能对历史有更准确的把握，才能把他人的智慧集于己身，才能拓展自己的眼界和胸怀。

读书是一种更广义的倾听。你借助文字，倾听已逝哲人的教诲。你借助翻译，得知远方异族的灵慧。

倾听使人生丰富多彩，你将不再囿于一己的狭隘，潜入浩瀚的深海。倾听使人谦虚，知道山外有山，天外有天。倾听使人安宁，你知道了孤独和苦难并非只降临你的屋檐。倾听使人警醒，你知道此刻有多少大脑飞速运转，有多少巧手翻飞不息。

倾听是美丽的，你因此发现世界是如此五彩缤纷。倾听是一种幸福的表达，因为你从此不再孤单。年轻人最易犯的毛病是，他明白所有倾听的要素，也懂得做出倾听的姿态，其实他在想着自己待会儿要说的话。他关注的不是述说者，而是自己。"佯听"是很容易露馅的，只要他一开口讲话，神游天外的破绽就败露了。两个面对面述说的人其实是最危险的敌人，一切都被心灵记录在案。

倾听是分层次的。某人在特定时刻讲了特定的话，只有当我们心静如水时，才能听到他的话外音。

倾听是老老实实的活儿，来不得半点虚假和做作，倾听是对真诚直截了当的考验。所以，如果你不想倾听，那不是罪过。如果你伪装倾听，就不单是虚伪，而且是愚蠢了。

当我深刻地明白了倾听的本质而不是仅仅把它当成讨好的策略后，倾听就向我展示了它更加美丽的内涵，它无处不在，与生活息息相关。如果你谦虚，以万物为师长，你会听到松涛海啸、落雪冰融，你会听到蚂蚁的微笑和枫叶的叹息。如果你平等待人，你的耐心就有了坚实的基础，你可以从述说者那里获得宝贵的馈赠，这就是温暖的信任。

年轻的朋友们，让我们学会倾听吧。当你能够沉静地坐下来，目光清澄地注视着对方，抛弃自己的傲慢和虚荣，微微前倾你的身姿，那么你就能听到心与心碰撞的清脆音响，宛若风铃。

你究竟说了什么

那一天，我说得很少，他说得很多。

某天，一位朋友给我打电话，说："你到哪里去了？我找得你好苦啊！"因为是很好的朋友，我也和她开玩笑说："你是不是要请我吃饭啊？我欣然前往。"她着急地说："吃饭有什么难啊，事成之后，我一定大宴于你。只是我们现在要把事情做完，每拖延一天，损失就太大了。"

我听出她语气中的急迫，也就收敛起调侃，问道："到底出了什么事？"

她不容置疑地说："我要请你做心理咨询。"我松了一口气，说："你要做心理咨询，这很好啊，看来大家是越来越重视自己的心理健康了。只是我们是朋友关系，我不能给你做心理咨询。我会为你介绍一位很好的心理咨询师，由她给你做。"

朋友说："这个病人不是我，是我的一位同事的亲戚的朋友的孩子。说实话，我并不认识这个病人，我们也没有多么密切的关系，人家信任我，我才来穿针引线。"

我说："你真是古道热肠，拐了这么多的弯，还把你急成这样。给你个小小的纠正，来做心理咨询的人不是病人，我们通常称他们为来访者。"

朋友说："这有什么很大的不同吗？叫病人比较顺嘴。"

我说："很多人来做心理咨询，并不是因为有了心理疾病，而是为了寻求更好的发展潜能和更亲密的人际关系。"

朋友说："但我说的这个孩子确确实实是病了，当然不是身体上的病，他的身体棒得能参加奥运会，却不肯去上学。再有两个月就要高考了，这是多么关键的时刻，可他说不上就不上了，谁劝也没用。一家人急得爸爸要跳楼、妈妈要上吊，他却无动于衷，整天把自己关在屋里玩电脑，任谁都不见。家里人急着要找心理咨询师，但这个孩子主意太大了，根本就不答应去。后来，他家里人找到我，让我跟你联系。那孩子说如果是毕淑敏亲自接待他，他就前来咨询。现在总算联系上了，你万不能推托。你什么时候有时间呢？让他父母带着他来见你……"

我一边听着朋友的述说，一边查看工作日程表。最近的每一个时段都安排得满满的，只有七天后的傍晚有一小时的空闲。

我把这个时间段告知了朋友，请她问问那位中学生届时有没有空。

朋友大包大揽道："只要你能抽出时间，那边还有什么好说的？他们一定会来的。"

我很严肃地对她说："请你一定把我的原话传过去。第一，要再次确认那位中学生是自己愿意来谈谈他的想法，而不是被父母强迫而来的。第二，征询那个时间对他合不合适。如果他有重要的事情，我们还可以再约另外的时间。第三句话就不必传了，只和你有关。"

朋友说："前两件我都会原汁原味地传达到。只是这第三句话是什么，我很想知道，怎么把我这个穿针引线的人也包括进去了？"

我说："第三句话就是，你的任务就到此为止了，因为你已经卷入了这种特殊就诊方式的开头部分。关于进展和结尾，恕我保密。你若是好奇或是其他原因追问我下文，我会拒绝回答，到时候，请你不要生气。不是我不理睬你，友情归友情，工作是工作，保密是原则问题，祈请见谅。"

朋友说："好，我把你的话传到就算使命截止。我会尊重你们的工作规定。"

一周后的傍晚，一对衣着光鲜的夫妻押着儿子来了。我之所以用了"押"这个词，是因为夫妇俩一左一右贴身护卫着那个高大的年轻人，好像怕犯人逃跑的衙役。年轻人走进咨询室的时候，他们俩也想一并挤入。

接待人员递给我咨询表格，轻声对他们说："你们并不是整个家庭接受咨询。"

年轻人说："对，这是我一个人的事。"说完，他懒懒散散走进了咨询室，一屁股坐在沙发上，目光直率地打量着我，我也打量着他。

他叫阿伦，身高大约一米八三，双脚不是像旁人那样安稳地倚着沙发腿放置，而是笔直地伸出去，运动鞋像两只肮脏的小船翘在地板中央。他身上和头发里发出浓烈的龌龊汗气，让人疑心置身于一家小饭馆的烂鸡毛和果皮堆的混合物旁。我抑制住反胃的感觉，不动声色地等着他。

"你为什么不先说话？"他很有几分挑衅地开始了。

我说："为什么我要先说话呢？这里是心理咨询室，是你来找的我，当然需要你先说出理由了。"

他突然就笑了，露出很整齐却一点也不白的牙齿，说："你说得也有几分道理啊，不过，是他们要我来见你的。"

我问："他们是谁？"

阿伦歪了歪鼻子，用鼻尖点向候诊室的方向，在墙的那一边，走动着他焦灼不安的父母。

我表示明白他的所指，把话题荡开，问道："你好像比他们的个子都要高？"

他好像受到了莫大的夸奖，说："是啊，我比他们都高。"

我说:"力气好像也要比他们大啊!"

阿伦很肯定地点头说:"那是当然啦!我在三年前掰腕子就可以胜过我父亲了。"

我把话题一转:"如果你不愿意来,你的父母是无法强迫你到心理咨询师这里来的。"

阿伦愣了一下,说:"对,我是自愿的。"

我说:"既然你是自愿来的,那你有什么问题要讨论呢?"

阿伦说:"我其实没有问题,是他们觉得我有问题。我不过是上上网,玩玩电子游戏,有什么了不起的?"

我不想跟阿伦在到底是谁有问题的问题上争执不休。因为第一次咨询的任务,最主要是咨询师要和来访者建立起良好的关系,培养起信任感并了解情况。我说:"你一天上网的时间是多少呢?"

他说:"大约十八个小时吧。"

我无法掩饰自己的惊讶,问道:"那你何时吃饭、何时睡觉呢?"阿伦说:"饿了就吃,一顿饭大约用三分钟。实在熬不住了,就睡,每次睡十五分钟再起来战斗。我发现人一天睡五小时就足够了,说睡八小时那是农耕时代的懒惰。"

我说:"首先恭喜你——"

我的话还没有说完,就被阿伦打断了:"你不是在说反话吧?"

我很惊奇地反问他:"你从哪里觉得我是在说反话呢?"

阿伦说:"所有的人知道我这样的作息时间之后,都说我鬼迷心窍,哪能一天只睡五小时呢?"

我说:"我要恭喜你的也正是这一点。因为通常的人是需要每天睡眠八小时,如果你进行了正常的工作学习而只需要五小时睡眠就能恢复精力,这当然是值得庆贺的事情。每天能节约出三小时,一辈子就能节约出若干岁月,你要比别人富余很多时间呢,当然可喜可贺。"

阿伦点点头,看来相信我说的是真心话。我紧接着问道:"那你何时上学做功课呢?"

阿伦皱起眉头说:"你是真不知道还是假装不知道呢?我已经整整二十八天不去上学了。"

我发现当他说到"二十八天"这个日子的时候,眼睫毛低垂了下去。我说:"看来,你还是非常在意上学这件事的。"

他立刻抗议道:"谁说的?我再也不想回到学校了,那是我的伤心之地。"

我说:"你连每一天都计算得这样清楚,当然是重视了。只是我不知道,在二十八天以前发生了什么重大的事情,让你做出了不再上学的决定,直到今天还这样愤怒伤感?"

阿伦很警觉地说:"你到学校调查过我了?"

这回轮到我笑起来说:"你真是高估了我。你以为我是克格勃?我哪有那个本事!"

阿伦还是放不下他的戒心,说:"那你怎么知道二十八天以前发生过什么重大的事情？"

我收起笑容说："能让你这么一个身高体壮、智力发达、反应灵敏的年轻人做出不上学的决定，当然是一件重大的事情啦！"

阿伦说："你猜得不错。二十八天之前，正好是我们模拟报高考志愿的时候。我看到发下来的报名表，想也没想就填上了'清华大学'。当然了，我的成绩距离上清华还有很大的差距，但我想，距离考试还有几个月的时间，谁说我就不能创造出点奇迹呢？再有，士气可鼓而不可泄呢，这也是兵法中常常教导我们的策略嘛！

"没想到代课老师走到我面前，斜眼看了看我的志愿，说：'就你这德行也想报清华，你以为清华是自由市场啊？'

"那天正好我们的班主任因病没来，要是班主任在，也许就不会出事了。这位代课老师因为我有一次打篮球没看见她，忘了问好，就被她记了仇。

"我说：'怎么啦，清华就不能报了？'

"老师说：'也不看看自己的成绩，别给学校丢人了，这样的报考单送到区里做摸底统计，人家不说你不知天高地厚，反倒说是老师没教会你量力而行。'

"如果老师单单说到这里就停止，我也就忍气吞声了。学校里，老师挖苦学生是天经地义的事，我们都麻木了，我低下了头。老师不依不饶，她撇着嘴说：'就凭你这样的人还想为校争光，那我就大头朝下横着走!'"

听到这里,我忍不住插话道:"这位老师如此伤害你的自尊心,我听了很生气。"

阿伦没理我,自顾自说下去:

"不知为什么,老师这句话强烈地刺激了我,我一想起面目可憎的老师能像个螃蟹似的头抵着土在地上爬行,就不由自主地哈哈大笑。老师摸不着头脑,但是能感觉到我的笑声和她有关,就厉声命令我不要笑。但我依旧大笑不止,她束手无策。那天我笑得天昏地暗,从学校一直笑回了家,闹得父母很吃惊,以为我考了一百分。

"我走火入魔似的陷入了这种想象之中,但是要让老师真的趴在地上,是有条件的,我必得为校争光。真的考上清华吗?我没有这个把握,若是考不上,岂不验证了老师对我的评判?我就滋生了放弃高考的念头。一场考试,如果我根本就没有参加,就像武林高手不曾刀光剑影华山论剑,你就无法说谁是武林第一。但是放弃了高考,我用什么来证明自己呢?我想到了网络游戏。"

说到这里,阿伦抬起头,问道:"你玩网络游戏吗?"

我老老实实地回答:"不玩。我老眼昏花的,根本就反应不过来。"

阿伦同情加惋惜地叹口气说:"那你也一定不知道'魔兽''部落''联盟'这些术语了?"

我说："真的很遗憾，我不知道。但我很想向你学习。"

我说的是真心话。既然我的来访者是这方面的高手，既然他沉迷于网络不能自拔，我当然要向他请教，我要走入他的世界，我要感同身受地体验到他的快乐和迷惘，我必须了解到第一手的资料和感受。

阿伦说："那我就要向你进行一番普及教育了。"他说着，有点似信非信地看着我。

我马上双手抱拳，很恭敬地说："阿伦老师，请你收下我这个学生。只是我年纪大了，脑袋瓜也不大好使，还请老师耐心细致地讲解，不要嫌弃我笨。如果有不明白的地方，我会提出来，也请老师深入浅出地回答。"

他快活地笑起来，说："我一定会耐心传授的。"说完，他就一本正经地向我解释起经典游戏的玩法。我非常认真地听他讲授，重要的地方还做笔记。说实话，专心致志的劲头，只有当年在医学院做学生听教授讲课的时候才有这般毕恭毕敬。

交流平稳地推进着，离结束只有十分钟时间了。按照咨询的惯例，我要进入"包扎"阶段。也许在不同的流派里，对于这段时间的掌握和命名各有不同，但我还是很喜欢用"包扎"这个术语。咨询的过程，在某种程度上就是打开了来访者的创伤，在来访者离去之前，一个负责任的心理咨询师要把这伤口消毒与缝合，让来访者在走出咨询室的时候不再流血和呻吟。心理创伤和生理创伤一样，陈年旧疾和深入的刀口，都不是一朝一夕可以愈合如初的。心理咨询师要有足够的耐性和准备，第一次咨询主要是建立起真诚的信任关系和了解情况，其余的工作来日方长。

我说："谢谢你如此精彩的讲解，现在，我对网络游戏多了些了解。"

阿伦轻快地笑起来，说："能和你这样谈话，真是很愉快啊。我还要再告诉你一个重要的秘密，我就要代表中国和韩国的选手比赛，如果我们赢了，那就真是为国争光了！"

我伸出手来祝贺他说："你在游戏中充满了爱国精神。"

他紧紧地握住了我的手，说："你说的是真心话吗？"

我说："当然，你可以使劲握住我的手，你可以感觉到我手的力量。如果我的话是假的，我会退缩。"

阿伦真的握住了我的手，我感觉到他的手在轻轻地发抖。

分手的时间到了，我对阿伦说："谢谢你对我的信任，告知我那么多的知心话，我会为你保守秘密的。也谢谢你耐心地为我这样一个游戏盲讲解游戏，让我对此有了一定的了解。我希望在下个星期的这个时间能够看到你来，咱们还要讨论为国争光的问题呢！"

阿伦脸上的神色突然变得让人捉摸不透，他对我说："原谅我下个星期的这个时间不能来到你这里了。"

我尊重阿伦的意见，因为如果来访者自己不愿意咨询了，无论咨询师多么有信心也无法继续施行帮助计划了。

我表示理解地点点头。

阿伦突然扬起了眉毛,说:"下个星期的这个时候,我想我是在学校上晚自习吧。你知道,毕业班的功课是非常紧张的。"

我大吃一惊。说实话,在整个咨询过程里都不曾探讨上课的事,我认为时机未到。

阿伦是个无比聪明的孩子,他看出了我的困惑,说:"我知道爸爸妈妈领我来的意思,谢谢你没有说过一句让我回去上课的话。在来的路上我就想好了,如果你也千篇一律地劝我的话,我会扭头就走。谢谢你,什么也没说。你向我讨教游戏的玩法,我很感动。从小到大,还没有一个成年人如此虚心地向我求教过,这样耐心地听我说话。还有,你最后祝愿我为国争光,我非常高兴,你终于理解我不上学其实只是想证明自己是有能力做一些事情并且能做好的。对了,你还表示了对那个老师的愤慨,让我觉得很开心,觉得自己不再孤独和愚蠢……现在,我不需要再用网络游戏来证明什么给那个老师看了,我要回到书本中去了。我知道这也是你希望的,只是你没有说出来。"

我们紧紧握手,这一次,他的手掌都是汗水,但不再抖动。

过了暑假,那位朋友跟我说:"你用了什么法子让那个网络成瘾的孩子改邪归正的?他的父母非常感谢你,因为他考上了重点大学,真是考出了最好的成绩呢!他们想请你吃饭,邀我作陪。"

我说:"咱们可是有言在先的,我不能向你透露任何相关的信息,也不能赴宴。如果你馋虫作怪,我来请你吃饭好了。"

朋友说:"我看他们感谢你还不是最主要的目的,主要是想探听出你究竟跟他们的儿子说了点什么,能有这么大的功效。"

我说:"那一天,我说得很少,阿伦说得很多。其余的,无可奉告。"

行使拒绝权

拒绝是苦，然而那是一时之苦，阵痛之后便是安宁。

拒绝是一种权利，就像生存是一种权利。

古人说，有所不为才能有所为。这个"不为"，就是拒绝。

人们常常以为拒绝是一种迫不得已的防卫，殊不知它更是一种主动的选择。

纵观我们的一生，选择拒绝的机会，实在比选择赞成的机会，要多得多。因为生命属于我们只有一次，要用唯一的生命成就一种事业，就需在千百条道路中寻觅仅有的花径。我们确定了"一"，就拒绝了九百九十九。

拒绝如影随形，是我们一生不可拒绝的密友。

我们无时无刻不是生活在拒绝之中，它出现的频率，远较我们想象中频繁。

你穿起红色的衣服，就是拒绝了红色以外所有的衣服。

你今天上午选择了读书，就是拒绝了唱歌跳舞，拒绝了参观旅游，拒绝了与朋友的聊天，拒绝了和对手的谈判……拒绝了支配这段时间的其他种种可能。

你的午餐是馒头和炒菜，你的胃就等于庄严宣布同米饭、饺子、馅饼和各式各样的煲汤绝缘。无论你怎样逼迫它也是枉然，因为它容积有限。

你选择了律师这个职业，毫无疑问就等于拒绝了建筑师的头衔。也许一个世纪以前，同一块土地还可套种，精力过人的智慧者还可多方向出击，游刃有余。随着现代社会的发展，任何一行都需从业者的全力以赴，除非你天分极高，否则兼做的最大可能性，是在两条战线功败垂成。

你认定了一个男人或是一个女人为终身伴侣，就斩钉截铁地拒绝了这世界上数以亿计的男人或女人，也许他们更坚毅更美丽，但拒绝就是取消，拒绝就是否决，拒绝使你一劳永逸，拒绝让你义无反顾，拒绝在给予你自由的同时，取缔了你更多的自由。拒绝是一条单航道，你开启了闸门，江河就奔涌而去，无法回头。

拒绝对我们如此重要，我们在拒绝中成长和奋进。如果你不会拒绝，你就无法成功地跨越生命。

拒绝的实质是一种否定性的选择。

拒绝的时候，我们往往显得过于匆忙。

我们在有可能从容拒绝的日子里，胆怯而迟疑地挥霍了光阴。

我们推迟拒绝，我们惧怕拒绝。我们把拒绝比作困境中的背水一战，只要有一分可能，就鸵鸟式地缩进沙砾。殊不知当我们选择拒绝的时候，更应该冷静和周全，更应有充分的时间分析利弊与后果。拒绝应该是慎重思虑之后一枚成熟的浆果，而不是强行捋下的酸葡萄。

拒绝的本质是一种丧失，它与温柔热烈的赞同相比，折射出冷峻的付出与掷地有声的清脆，更需要果决的判断和一往无前的勇气。

你拒绝了金钱，就将毕生扼守清贫。

你拒绝了享乐，就将布衣素食天涯苦旅。

你拒绝了父母，就可能成为飘零的小舟，孤悬海外。

你拒绝了师长，就可能被逐出师门，自生自灭。

你拒绝了一个强有力的男人的帮助，他可能反目为仇，在你的征程上布下道道激流险滩。

你拒绝了一个神通广大的女人的青睐，她可能笑里藏刀，在你意想不到的瞬间刺得你遍体鳞伤。

你拒绝上司，也许象征着与一个如花似锦的前程分道扬镳。

你拒绝了机遇，它永不再回头光顾你一眼，留下终身的遗憾任你咀嚼。

…………

拒绝不像选择那样令人心情舒畅，它森严的外衣里裹着我们始料不及的风刀霜剑。像一种后劲很大的烈酒，在漫长的夜晚，使我们头痛目眩。

于是我们本能地惧怕拒绝。我们在无数应该说"不"的场合沉默，我们在理应拒绝的时刻延宕不决。我们推迟拒绝的那一刻，梦想拒绝的冰冷体积，会随着时光的流逝逐渐缩小以至消失。

可惜这只是我们善良的愿望，真实的情境往往适得其反。我们之所以拒绝，是因为我们不得不拒绝。

不拒绝，那本该被拒绝的事物，就像菜花状的癌肿，蓬蓬勃勃地生长着，浸润着，侵袭我们的生命，一天比一天更加难以救治。

拒绝是苦，然而那是一时之苦，阵痛之后便是安宁。

不拒绝是忍，心字上面一把刀。忍是有限度的，到了忍无可忍的那一刻，贻误的是时间，收获的是更大的痛苦与麻烦。

拒绝是对一个人胆魄和心智的考验。

拒绝是一门艺术。

拒绝也分阳刚派与阴柔派。

怒发冲冠是拒绝，浅吟低唱也是拒绝。义正词严是拒绝，王顾左右而言他也是拒绝。声色俱厉是拒绝，低眉敛目也是拒绝。横刀跃马是拒绝，丝弦管竹也是拒绝。

只要心意决绝，无论何方舞台，都可演成拒绝的绝唱。

拒绝有时候需要借口。

借口是一层稀薄的帷幕。它更多表达的是一种善意，一种心情。而同表面的含义无关。

借口悬挂于双方之间，使我们彼此听得见拒绝清脆的声音，看不见拒绝淡漠的表情，因此维持着最后的礼仪。

许多被拒绝的人，执着地追问借口的理由，以为驳倒了理由就挽救了拒绝。这实在是一种淡淡的愚蠢，理由是生长在拒绝这棵大树上取之不竭用之不尽的叶子。如果你真的是想挽回拒绝，去给大树浇水吧。

在某种程度上，借口会销蚀拒绝的力度。它把人们的注意力牵扯到无关的细节，而忽略了坚硬的内核。就像过多的糖稀，会损坏牙齿的珐琅质。它混淆了拒绝真实凝重的本色，使原本简单的事物斑驳不清。

相较之下，我更喜欢那种干干净净没有任何赘物的斩钉截铁的拒绝，它像北方三九天的冰凌，有一种肝胆相照的晶莹和砰然断裂的爽快。不但是个人意志的伸张，而且是给予对方的信任和尊崇。

拒绝对女人来说，是终生必修的功课。

天下无数繁杂的道路，你只能走一条。你若是条条都走，那就等于在原地转圈子，俗称"鬼打墙"。

女人使用拒绝的频率格外高，是因为女人面对的诱惑格外多。

拒绝是女人贴身的软甲，拒绝是女人进攻的宝剑。

拒绝卑微，走向崇高。

拒绝不平，争取公道。

拒绝无端的蔑视和可恶的恩惠，凭自己的双手和头颅挺身立于性别之林。

因为拒绝，我们将伤害一些人。这就像春风必将吹尽落红一样，有时是一种进行中的必然。如果我们始终不拒绝，我们就不会伤害别人，但是我们伤害了一个跟自己更亲密的人，那就是我们自己。拒绝的味道，并不可口。当我们鼓起勇气拒绝以后，忧郁的惆怅伴随着我们，一种灵魂被挤压的感觉，久久挥之不去。

因为惧怕这种难以言说的感觉，我们有意无意地减少了拒绝。在人生所有的决定里，拒绝是属于破坏而难以弥补的粉碎性行为。这一特质决定了我们在做出拒绝的时候，需要格外镇定与慎重。

然而拒绝一旦做出，就像打破了的牛奶杯，再不会复原。它凝固在我们的脚步里，无论正确与否都不必原地长久停留。

拒绝是没有过错的，该负责任的是我们在拒绝前做出的判断。不必害怕拒绝，我们只需更周密的决断，拒绝是一种删繁就简，拒绝是一种举重若轻，拒绝是一种大智若愚，拒绝是一种水落石出。

当利益像万花筒一般使你眼花缭乱之时，你会在混沌之中模糊了视线。尝试一下拒绝吧。

你依次拒绝那些自己最不喜欢的人和事，自己的真爱就像退潮时的礁岩，嶙峋地凸现出来，等你的攀缘。

当你抱怨时间像被无数餐刀分割的蛋糕，再也找不到属于你自己的那朵奶油花时，尝试一下拒绝，你把所有可做可不做的事拒绝掉，时间就像湿毛巾里的水，一滴一滴地拧出来了。

当你发现生活中蕴含着太多的苦恼，已经迫近一个人能够忍受的极限，情绪面临崩溃的边缘时，尝试一下拒绝吧。

你也许会发现，你以前不敢拒绝，是怕增添烦恼，但是恰恰相反，拒绝像一柄巨大的梳子，快速地理顺了杂乱无章的日子，使天空恢复明朗。

当你被陀螺般旋转的日子搅得耳鸣目眩，忘记了自己是从哪里来，要到哪里去的时候，尝试一下拒绝吧。

你会惊讶地发觉自己从复杂的包装中清醒，唤起久已枯萎的童心，感叹我们每一个人都是自然之子。拒绝犹如断臂，带有旧情不再的痛楚。

拒绝犹如狂飙突进，孕育天马行空的独行。

拒绝有时是一首挽歌，回荡袅袅的哀伤。

拒绝更是破釜沉舟的勇气，一种直面淋漓鲜血、惨淡人生的气概。

拒绝也不可太多啊。假如什么都拒绝，就从根本上拒绝了每个人只有一次的辉煌生命。智慧地勇敢地行使拒绝权。

这是我们每个人与生俱来的权利，这是我们意志之舟劈风斩浪的白帆。

仇人的显微镜

仇人的话，杀伤力之所以大，是因为那其中常常是有几分真实的。

　　人一生，会听到很多评价和意见，你不想听也不行。意见的来源，是个有趣的问题。

　　说到意见的来源，最简单的可以分成两大类。一大类来自爱你的人，因为希望你进步，希望你好，希望你幸福，所以他们会指出你的不足。通常我们对这类意见，要么是重视过度，要么是过度地不重视。前者是因为亲人在我们眼中就是人间的上帝，句句是真理。后者也因为和凡间的上帝相处得太久了，反倒觉得老生常谈，把它当成了耳旁风。还有一大类意见，来自恨你的人。我说的这个"恨"，不是血海深仇，不是国恨家仇。在此文中，它统指对你印象不好的人、和你不对付的人、和你有过节儿且巴望着你倒霉的人。按时下年轻人的话讲，就是和你相克，也许是血型不符,也许是星座不合。那些和你暗中铰着茬儿的龌龊人,恕我简称为你的"仇人"。

对待仇人的意见,有一句很经典的话,叫作"走自己的路,让别人说去吧"。这虽是一剂良药,但缺点是起效较慢。很多人试验过这法,有时好几个月甚至好几年之后,才能渐渐在想起仇人们的冷语时心境淡然。还有一个前提——你已经找到了一条路,正在走着,方向感明确,有主心骨,步履轻快。说这话的时候底气才较充足。倘若正在彷徨和苦闷中,雨雾迷蒙,路还不知在何方,或者干脆在路边崴了脚或被野兽啃伤了,创口流着血,那这句经典就稍显隔靴搔痒,有点近似精神胜利法了。

面对仇人的攻伐,如何是好?

仇人的话,杀伤力之所以大,是因为那其中常常是有几分真实的。完全的谎话,其实倒并不可怕,因为除了极为弱智的人,一般都可识破。古语说"谣言止于智者",现在资讯发达,人也吃了很多深海鱼油,智者可能比古时还要多些,所以对完全胡说八道的东西倒不必太过担心。如果仇人的话是完全的真实,我看是应该感激的,请你低下自己的头。这不是认输或领认了侮辱,而是真心实意地表达对真实的敬畏。只要他说得对,不必介意他的人品,只需看重他的意见。仇人的真知灼见,也许会让你因此得到终生受用的教诲,他在无意中就送了一个大礼给你,他就成了你的恩人。这就是很多人常常说,我最感激的是那些侮辱、攻击、放弃我的人,他们让我懂得了如何做人,才有了今天的成就云云……每逢我听到这种话,总觉得略微矫情了些。我不会感谢那些本来想侮辱我的人,他们不应该因为仇视和狭隘受到感激。仇恨和狭隘,常常是可以置人于死地的,你没有死,是因为你救了自己。你应该感谢的只有一个人,那就是你自己啊。

即使你从仇人喷涌而来的污泥浊水中,荡涤出了金沙,你也可以依然保持你的仇恨,如同保持你脊骨的硬度,但这并不妨碍你思忖他们的意见。因为只有仇人,才会深深研究你的要害。因为他恨你,所以他时刻盯着你,对你观察得格外细致,思索得格外刻毒。试想一下,如果我们用显微镜看事物,那普天之下就没有一处洁净的地方了,到处都是繁殖的细菌、蠕动的螨虫……

然而,依然有阳光。

你的仇人,就是瞄准你的显微镜。

人生的九大关系

我们所有的人,终其一生,都是在各种各样的关系中搏杀。

我的一篇散文《我很重要》被收录到中学语文课本中,并多次在考试卷子中出现过,关于它的中心思想、段落大意、修辞手法等技术问题,也成了若干语文老师和我探讨的题目。说实话,我对于分析自己文章的内涵和技巧,噤若寒蝉。写的时候只是有感而发,完全不曾想过如何剔骨抽髓地来分析它,经常被问得张口结舌,像极了那文章本不是我所写,不知从哪儿抄来的。

曾经接到过一位中学语文老师的信,和我商榷此文的中心思想。他的大意是说:这篇文章的主题思想本来是想说每个个体都是很重要的,但立论的方式和论据,却都是说我们在相互的关系中是多么重要,这就成了一个悖论。他认为:一个人,即使不在任何关系中,也是非常重要的。

我明白他的观点，但我无法想象人可以不在关系中，就如无法想象一条活蹦乱跳的鱼，可以在水之外遨游。

我们所有的人，终其一生，都是在各种各样的关系中搏杀。听一位美国心理学家讲授抑郁症的发病机理，他认为：所有的心理障碍，都是因为关系出了问题。

关系无所不在。人的关系基本上可以分为以下九类：

1. 自我

这比较好理解。人和自己的关系，是所有关系中最彻底最主轴的关系。

2. 父母

没有父母就没有我们的肉身。父母和我们心灵的关系，也是无与伦比地密切。

3. 兄弟姐妹

这似乎不难理解。就算是中国曾经实行独生子女政策，人也依旧会有情同手足的友人。如何看待和自己年龄相仿的同时代的人，肯定是逃不脱的重要课题。

4. 异性

哈！不言而喻这个关系的重要性和复杂性，古往今来已经谈论过太多。然而，谈论得再多，也比不上实际情况复杂。

5. 子女

和异性结为亲密关系之后，如果没有特别的措施和意外，我们就会有子女。那么，你崭新的历史篇章就掀开了。这个关系，对某些人来说，简直比数十篇学术论文还要复杂，够你一生殚竭虑呕心沥血的了。

6. 同侪

"侪"这个字，好像有点遗老遗少的味道，现代人似乎很少用。字典上查，此字含义很简单，就是朋辈。人不可能没有朋友，做任何事，都要学会团结，都要学会合作，和自己的同辈人团结，应该是人生的必修课，要学会游刃有余地处理这档关系。

7. 大自然

哦，这个关系的重要性，就不用我啰唆了。要是处理不好，付出的代价就是像恐龙一样灭绝。（当然，恐龙灭绝的责任，不由它们自己来负。）

8. 死亡

和死亡的关系，是所有关系里最确定无疑的，谁也躲不掉，无论逃到哪里，如何乔装打扮，死亡最后都会不动声色地把你捉拿归案。既然迟早一定要见面，处理好了这个关系，你就能更好地享受生活。处理不好，死亡以不速之客的身份，猝不及防地来访，你堵着门不让它进来，它也一定会神通广大地破门而入。那时，没准备好的人会惊慌失措，会后悔还有那么多的事情未曾完成。为了从容走完一生，这个关系是一定要处理好的。学会和未来的死亡和平共处，直到你跟着它走的那一天。

9. 宇宙

人和宇宙的关系，表面上看起来，好像不如前八大关系那样，和我们的日常生活密不可分，其实，不然。你每天晚上仰望星空，那就是宇宙在和你对话。宇宙是比大自然更广大的范畴，它将考验一个人对那些无比壮阔无比悠远的时空体系的尊崇之心，它将让我们一己卑微短暂的生存和一个雄伟壮丽的体系发生连接。我们从那里来，也将回到那里去。看看宇宙，再看看自身，自豪和悲怆像豆荚中孪生的豆粒，如此新鲜多汁浆液饱满。它看似脆弱，实际上正是对付日常琐屑事物最行之有效的金刚铠甲。

九大关系，我们若能得到及格分数，人生就安然了。

第五章

学会告别,不惧分离与死亡

谈怕

我们每个人的心里，都有一个害怕的场。

"怕"好像历来是个贬义词。怕什么？别怕！天不要怕，地不要怕……好像是人生的大境界。

其实人的一生总要怕点什么，这就是中国古代说的"相克"。金木水火土，都有所怕的东西。要是不相克，也就没有了相生，宇宙不就乱了套？

人小的时候，怕父母。俗话说衣食父母，我的理解就是衣食来自父母。要是父母火了，不给你吃，不给你穿，你就丧失了基本的生存条件，饥寒交迫的，活不下去了，还谈什么别的？所以父母叫你上学你就得上学校，叫你成绩好你就得努力。要是一个人从小对爱他的父母没有畏惧之心（不是害怕他们本人，而是怕惹他们生气），没有讨他们欢喜之心，那这个人长大了，多半要为不法之徒。

渐渐大起来，就怕老师，怕上级，怕官怕权……总之是怕比自己更有力量的人。我想，这不单是一种懦弱，而是弱小动物生存的本能。想我们人类的祖先，不过是些个猴子，虽说脑子还算得上机灵，体力实属一般。在漫长的动物排行榜上，只能列在中等靠下的位置。假如什么都不怕，早就被老虎狮子大蟒蛇饕餮了。所以"怕"是一种集体无意识，怕是正常的，不怕却是需要锻炼的事。

怕是一件有理的事，每个人都生活在立体空间，上下左右都有掣肘，人上有人，天外有天，总有东西笼罩在你的脑瓜顶，你可以完全不考虑下情，也可以咬着牙不理睬左邻右舍，但你得"惧上"，否则你的位置就保不住了。所以那个无所不在、无所不能的领袖叫作"上帝"。

人须怕法，那是众人行事的准则。人还须怕天，那是自然界运行的规律。怕是一个大的框架，在这个范畴里，我们可以自由活动。假如突破了它的边缘，就成了无法无天之徒，那是人类的废品。

人有最终的一怕，就是死。因为死去的人都不曾回来告诉我们那边的情形，所以我们并不确切地知道死亡是怎样一回事，我们只是盲目地怕着，我们怕的实际是一种未知的状态。人们怕死，很大的一部分是怕痛，要说死其实一点也不痛，就像在沙滩上晒太阳，暖烘烘的就过去了，怕的人一定少得多。再有怕也是怕比的,假如你活得苦不堪言,所有的感官都用来感受痛苦,在怕活和怕死之间,自然也两怕相权取其轻了。因此,那些极怕死的人多是很富贵很安逸很狷獗很凌驾一切的显赫之人。不信你看历代的皇帝,都孜孜不倦地追求长生不老的仙丹。

女人还有一怕,就是怕老,所以各色美容护肤的佳品层出不穷,种种秘不传人的方子被奉若神明,这一怕的核心是怕时间。世上有许多东西是可以对抗的,唯有时间你不可战胜。可怜女人的这个与生俱来的恐惧,注定无法消除。没有哪一种胭脂可以涂抹时间,女人只好永远地怕下去,除非你不在意衰老。

怕虽有理,却并非总有利。怕的直接决策是躲,但躲不过的时候,就只有迎头而上。古人们所有教诲我们不要怕的语录,就发生在这一时刻。民不畏死,何以惧之?——将对最大的未知的恐惧置之度外,所有已知的苦难都不在话下,这个人的战斗力实在不可低估。

但不怕死的人,也仍有一怕,那就是怕自己。死和你作对,只有一次。自己要和你作对,会有无数次的机会。胜利的时候,它会让你骄傲。失败的时候,它诱你气馁。贫困的时候,它指使你堕落。饱暖的时候,它敦促你放浪……自己的实质是欲望。欲望使我们勇敢,欲望也使我们迷失。

人生的发展,一是因了爱好,一是因了惧怕。前者,比如音乐,它并没有更实际的用途,而只是使我们愉悦。那些更实用的发明创造，基本上缘于"怕"。因为害怕冷，人们发明了衣服，房屋，火炉；因为害怕热，人们发明了扇子，草帽，空调器；因为害怕走路，人们发明了汽车，火车，飞机；因为害怕病痛，人们发明了中药，西药，X光，B超；因为害怕地球的孤独，人们向茫茫宇宙进行探索；因为害怕自身的衰退，人们不断高扬精神的旗帜……害怕实在是人类文明进步的助产婆，今后谁知道因了害怕，人类还将诞育多少温馨的婴儿，人类还将补充多少伟大的发明！

我们每个人的心里，都有一个害怕的场，这个场不要太大，那会使我们畏畏葸葸，就太委屈了自己的岁月。这个场，也不可太小，太小了就容易人在边缘，演出不该上演的节目，它须不大也不小，够我们驰骋如烟的想象，够我们度过无悔的人生。

究竟你失去了什么

一个人的价值并不在和别人的比较之中，而是在自己的掌握之中。

　　一个身材高大的男青年倚在一个瘦弱的女子身上，踉踉跄跄地走进心理咨询中心。工作人员以为他患了重病，忙说，我们这里主要是解决心理问题的，如果是身体上的病，您还得到专科医院去看。女子搀扶着男青年坐在沙发上，气喘吁吁地说："他叫瞿杰，是我弟弟。我们刚从专科医院出来，从头发梢到脚后跟，检查了个底儿，什么毛病都没查出来。可他就是睡不着觉，连着10天了，每天24小时，什么时候看他，他都睁着眼，死盯着天花板，啥话也不说。各种安眠药都试过了，丝毫用处都没有。再这样下去，就算什么病也不沾，人也会活活熬死。专科医院的大夫也没辙了，让我们来看心理咨询。求求你们伸出援手救救我弟弟吧！"

　　姐姐涕泪交流，瞿杰仿佛木乃伊，空洞的目光凝视着墙上的一个油墨点，无声无息。

瞿杰进了咨询室，双手撑着头，眉锁一线，表情十分痛苦。我说："睡不着觉的滋味非常难受，医学家研究过，一个人如果连续一周不睡觉，精神就会崩溃，离死亡就不远了。""你以为是我不愿意睡觉吗？你以为一个人想睡就睡得着吗？你以为我失眠是我的责任吗？你以为我就不知道人总是睡不着觉就会死的吗?!"瞿杰突然咆哮起来，用拳头使劲击打着墙壁，因为过分用力，他的指节先是变得惨白，继而充血发暗，好像箍着紫铜的指环。

我平静地看着他，并不拦阻。他需要发泄，虽然我暂时还不知道导致他重度失眠和情绪激烈的原因是什么，但他能够如此激烈地表达情绪，较之默默不语就是一个进步。燃烧的怒火比闷在心里的阴霾发酵成邪恶的能量，好过千倍。至于他把怒火转嫁到我身上，我一点也不生气。虽然他的手指指点的是我，唾沫星子也几乎溅到我脸上，指名道姓用的是"你"，似乎我就是令他肝胆俱碎的仇家，但我知道，这是情绪的宣泄和转移，并非和咨询师个人不共戴天。

一番歇斯底里的发作之后，瞿杰稍微安静了一点。我说："你如此憎恨失眠，一定希望能早早逃脱失眠的魔爪。"

他翻翻暗淡无光的眼珠子说："这还用你说吗？"

我说："那咱们俩就是一条战壕的战友了，我也不希望失眠害死你。"

瞿杰说："失眠是一个人的事情，你就是愿意帮助我，又有什么用！"

我说："我可以帮你找找原因啊。"

瞿杰抬起头，挑衅地说："好啊，你既然说要帮我，那你就说说我失眠到底是什么原因吧！"

我又好气又好笑，说："你失眠的原因，只有你自己知道，你要是不愿意说，谁都束手无策。要知道，失眠的是你，而不是我。你若是找不到原因，或是找到了原因也不说，把那个原因像个宝贝似的藏在心里，那它就真的成了一个魔鬼，为非作歹地害你，直到害死你。别人也爱莫能助，无法帮到你。"

瞿杰苦恼万分地说："不是我不说，是我真的不知道为什么失眠。"

我说："你失眠多长时间了？"瞿杰说："10天。"

我说："在失眠的时候，你想些什么？"瞿杰说："什么都不想。"

我说："人的脑海是十分活跃的，只要我们不在睡眠当中，我们就会有很多想法。你说你失眠却好像什么都不想，这很可能是因为有一件事让你非常痛苦，你不敢去想。"

瞿杰有片刻挺直了身子，马上又委顿下去，说："你是有两下子，比那些透视的X光和核磁共振什么的要高明一点。他们不知道我脑子里想的是什么，你猜到了。我承认你说得对，是有一件事发生过……我不愿意再去想它，我要逃开，我要躲避。我只有命令自己不想，但是，大脑不是一个好的士兵，它不服从命令，你越说不想，它越要想，这件事就像河里的死尸，不停地浮现出来。我只有一个笨办法，就是用其他的事来打岔，飞快地从一件事逃到另外一件事，好像疯狂蔓延的水草，就能把死尸遮挡住了。这法子刚开始还有用，后来水草泛滥成灾，死尸是看不到了，但脑子无法停顿，各种各样的念头在翻滚缠绕，我没有一时一刻能够得到安宁，好像是什么都在想，又像是什么都不想，一片空白。"说到这里，他开始用力捶击脑袋，发出空面袋子的噗噗声。

我表面上镇静，心里还是有点担心，怕这种针对自我的暴力弄伤了他的身体，做好了随时干预的准备。过了一会儿，他打累了，停下来，呼呼喘着粗气。我说："你对抗失眠的办法就是驱使自己不停地想其他的事情，以逃避想那件事情。结果，脑子进入了高速旋转的状态，再也停不下来。你现在能告诉我那件让你如此痛苦不堪的事情究竟是什么吗？"

他迟疑着，说："我不能说。那是一个妖精，我好不容易才用五花八门的事情把它挡在门外，你让我说，岂不是又把它召回来了吗？"

我说："我很能理解你的恐惧，也相信你让自己的大脑不停地从一个问题跳到另外一个问题，用飞速旋转抗拒恐惧。在最初的阶段，这个没有法子的法子，在短时间内帮助过你，让你暂时与痛苦隔绝。但是，随着时间的延续，这个以折磨取胜的法子渐渐失灵了，你变得疲惫不堪，脑子也没办法进行正常的思维和休息，你就进入了混乱和崩溃，这个法子最终伤害了你……"瞿杰好像把这番话听了进去，用手撕扯着头发。我不想把气氛搞得太压抑，就开了个玩笑，说："依我看啊，你是饮鸩止渴。"

瞿杰好奇地问："鸩是什么？渴是什么？"

我说："渴就是你所遭遇到的那件可怕的事情。鸩就是你的应对方法。如今看来，渴还没能把你搞垮，鸩就要让你崩溃了。渴是要止住的，只是不能靠饮鸩。我们能不能再寻找更有效的法子呢？况且直到现在，你还那么害怕这件事卷土重来，说明渴并没有真正远离你，鸩并没有真正地救了你。如果把这个可怕的事件比作一只野兽，它正潜伏在你的门外，伺机夺门而入，最终吞噬你。"

瞿杰的身体直往后退缩，好像要逃避那只野兽。我握住他的手，给他一点力量。他渐渐把身体挺直，若有所思地说："你的意思是我们只有把野兽杀死，才能脱离苦海，而不是只靠点起火把敲响瓶瓶罐罐地把它赶走？"

我说："瞿杰，你说得非常对。现在，你能告诉我那只让你非常恐惧的野兽是什么吗？"

瞿杰又开始迟疑，沉默了漫长的时间。我耐心地等待着他。我知道，这种看起来的沉默像表面波澜不惊的深潭，水面下风云变幻，正进行着激烈的思想斗争——说还是不说？

终于，瞿杰张开了嘴巴，舔着干燥的嘴唇说："我……失……恋了。"

原本我以为让一个英俊青年如此痛不欲生的理由一定惊世骇俗，不想却是十分常见的失恋，一时觉得小题大做。但我很快调整了自己的思绪，认真回应他的痛楚。心理问题就是这样奇妙，事无大小，全在一心感受。任何事件都可能导致当事人极端困惑和苦恼，咨询师不能一厢情愿地把某些事看得重于泰山，而轻视另外一些事情，以为轻若鸿毛。唯有当事人的情绪和感受，才是最重要的风向标。

我点点头，说："谢谢你对我的信任。失恋的确是非常令人惨痛的事情，有时候足以让我们颠覆，怀疑整个世界。"

瞿杰说："我没有把这件事告诉任何人。"

我说："你不说，一定有你不说的理由。"

瞿杰说："没想到你这样理解我。你知道我为什么不说吗？"

我老老实实地回答："不知道。如果你告诉我，我就知道了。"

瞿杰说："你看我条件如何？"

我说："你指的条件包括哪些方面呢？"瞿杰说："就是谈恋爱的条件啊。"

我说："每一代人都有每一代人的条件，我的眼光可能比较古旧了，说得不对，供你参考。依我看来，你的条件不错啊。"

瞿杰第一次露出了笑容，说："岂止是不错，简直就是优等啊。你看我，一米八三的身高，校篮球队的中锋，卡拉OK拿过名次，功课也不错，而且家境也很好，连结婚用的房子家里都提前准备好了……"

我说："万事俱备只欠东风了。"

瞿杰说："是啊，这个东风就是一位女朋友。"

我说："你的女朋友究竟是一个怎样的人呢？"

瞿杰说："人们都以为我的女朋友一定是倾国倾城的淑女，不敢说一定门当户对，起码也是小家碧玉……可我就是让大家大跌眼镜，我的女朋友条件很差，长得丑，皮肤黑，个子矮，家里也很穷，但很有个性……得知我和她交朋友，家里非常反对。我说，我就是喜欢她，如果你们不认这个媳妇，我就不认你们。话说到这个份儿上，家里也只好默许了。总之，所有的人都不看好我的选择，但我义无反顾地爱她。可是，没想到，她却在11天前对我说，她不爱我了，她爱上了另外一个人……我以前听说过'天塌地陷'这个词，觉得太夸张了，就算地震可以让土地裂缝，天是绝对不会塌下来的，但是在那一瞬，我真正明白了什么是乾坤颠倒、地动山摇。我被一个这样丑陋的女人抛弃了，她找的另外一个男人和我相比，简直就是一堆垃圾，不不，说垃圾都是抬举了他，完全是臭狗屎！"

瞿杰义愤填膺，脸上写满了不屑和鄙夷，还有深深的沮丧和绝望。

事情总算搞清楚了，瞿杰其实是被这种比较打垮了。我说："这件事的意义对你来说，并不仅仅是失恋，更是一种失败和耻辱。"

瞿杰大叫起来："你说得对，就像八国联军入侵，我没放一枪一炮就一败涂地，丧权辱国。如果说我被一个绝色美女抛弃了，我不会这么懊丧。如果说我被一个高干的女儿或是富商家的小姐甩了，我也不会这么愤慨。或者说啦，如果她看上的是一个美男、大款、爵爷什么的，我也能咽下这口气，再不干脆嫁了个离休军长，我也认了……可你不知道那个男生有多么差，我就想不通我为什么会败在这样一个人渣手里，我冤枉啊……"

看到瞿杰把心里话都一股脑地倾倒出来，我觉得这是很好的进展。我说："我能体会到你深入骨髓的创伤，其实你最想不通的还不是失恋，是在这样的比较中你一败涂地，溃不成军！"

霍杰愣了一下，说："你的意思是说我的痛苦不是失恋引起的？"

我说："表面上看起来，是失恋让你痛不欲生。但是刚才你说了，如果你的前女友找的是一个条件比你好的男生，你就不会这么难过。或者说如果你的前女友自身的条件要是更好一些，你也不会这样伤心。所以，我要说，你的失落感和失恋有关，但更和其他一些因素有关。"

瞿杰若有所思道："你这样一讲，好像也有一点道理。但是，如果没有失恋，这一切都不会发生啊。"

我说："如果没有失恋，也许不会这样集中地爆发出来，但是恕我直言，你是不是经常在和别人的比较当中过日子？"

瞿杰说："那当然了。如果没有比较，你怎么能知道自己的价值？"

我说："瞿杰，这可能就是问题的关键所在了。其实，一个人的价值并不在和别人的比较之中，而是在自己的掌握之中。就拿你自己来当例子，你和11天以前的你有什么大的变化吗？"

瞿杰说："除了睡不好觉、体重减轻、头发掉了一些之外，似乎并没有其他的变化。"

我说："对啊，那么，你对自己的评价有什么变化吗？"

瞿杰说："当然有了。比如我觉得自己不出色、不优秀、不招人喜爱、前途暗淡了……"

我说："你的篮球还打得那样好吗？"

瞿杰不解地说："当然啦。只是我这几天没有打篮球，如果打，一定还是那样好。"

我又说："你的歌唱得还好吗？"

瞿杰说："这个没有问题。只是我现在没有心思唱歌。如果唱哀伤的歌，也许比以前唱得还好呢。"

我接着说："你的学习成绩怎样呢？"

瞿杰好像明白了一些，说："还是很好啊。"

我最后说："你的个头怎样呢？"

瞿杰难得地笑出声来，说："您可真逗，就算我几天几夜不吃饭不睡觉，分量上减轻点，骨头也不会抽抽啊。"

我趁热打铁说："对呀，你还是那个你，只是经历了失恋，一个女生做出了她自己的选择……我们还不完全知道她是因为什么做出这样的决定，但你只有接受和尊重这个决定，这是她的自由。两个相爱的人因为种种原因不能走到一起，固然是一个令人伤感的事情，但感情的事情是不能勉强的。世上无数的人经受过失恋，但从此一蹶不振的人毕竟有限。瞿杰，我看你面对的并不是担心自己以后找不到女朋友，而是更深层的忧虑。"

瞿杰说："你说得太对了。寝室的朋友知道我失恋的事，总是说，以你这样好的条件，还怕找不到好姑娘吗？别这么失魂落魄的，看哥儿们下午就给你介绍一个漂亮'美眉'。他们不知道我心里的苦，我并不是担心自己以后找不到老婆，而是想不通为什么会被人行使了否决权，我觉得自己在人格上输光了血本。"

我说："瞿杰，谢谢你这样勇敢地剖析了自己的内心，失恋只不过是个导火索，它点燃的是你对自己的评价的全面失守。你认为女友的离开是地狱之门，从此你人生黑暗。你看到她的新男友，觉得自己连一个这样的人都不如，就灰心丧气全盘否定了自己。"

在长久的静默之后，瞿杰的脸上渐渐现出了光彩，他喃喃地说："其实我并没有失败？"

我说："失恋这件事也许已成定局，但是人生并不仅仅有爱情，还有很多重要的事情在等待着你。再说，就是在爱情方面，你也并不绝望，依然有得到纯美爱情的可能性啊。"

瞿杰深深地点头，说："从此我不会再从别人的瞳孔中寻找对我的评价，我会直面失恋这件事情……"

瞿杰还是被姐姐扶着走出咨询中心的。他的眼睛因为极度的困倦已经睁不开，他靠在姐姐肩头险些睡着。大约一个半小时之后，工作人员说瞿杰的姐姐打电话找我。我以为瞿杰有了什么新情况，赶紧接过电话。

瞿杰的姐姐说："我带着瞿杰，现在还在出租汽车上。"

我说："你们家这么远啊？"

瞿姐姐说："车已经从我们家门口路过好几次了。"

我说："那你们为什么像大禹治水一样，路过家门而不入？"

瞿姐姐说："瞿杰一坐上出租汽车马上就进入了深深的睡眠，睡得香极了，还说梦话，说：'我不灰心，我不怕……'睡得口水都流出来了，好像一个甜甜的婴儿。这些天他睡不着觉，非常痛苦。看到他好不容易睡着了，我不敢打扰他，就让出租车一直在街上兜圈子，绕了一圈又一圈，车费都快200块钱了。我怕一旦把他喊起来，他又进入无法成眠的苦海。可他越睡越深沉，没有一点醒来的意思，我也不能一直让车拉着他在街上跑。我想问问您，如果把他喊醒下车回家，他会不会一醒过来就又睡不着觉了？我好害怕呀！"

我说："不必担心，你就喊醒他下车回家吧。如果他还睡不着觉，就请他再来。"

瞿杰再也没有来。

最重的咨询者

他以自己的方式表达着痛入心扉的哀伤。

我猜你第一眼看到这个题目,一定以为是"最重要的咨询者"。很抱歉,不是最重要,是最重。你可能要大吃一惊,说你们的心理咨询室里还设磅秤吗?每个来咨询的客人,都要量体重吗?

并没有人体秤,我也从来没有问过来访者的体重。只是这位来访者实在太胖了,不用任何器械,我也能断定他是我所接待过的来访者中体重第一的人。

他穿了一条肥大的牛仔裤,一看就是那种出口转内销的外贸尾单货,专供欧美等国的特大号胖子。上身是一件黄蓝相间的花衬衣,有点苏格兰格子的味道,想来是从国外淘买回来的,亚洲人难得有这样庞大的规格。他名叫武威,正在上大学三年级。

"我好着呢!什么毛病也没有!"武威开门见山地说。他小山似的身体将咨询室的沙发挤得满满当当,腰腹部的赘肉从沙发的扶手镂空处挤出来,好像是脂肪的河流发山洪,外溢了河道。我暗自庆幸当年置办办公家具的时候,选择了不锈钢腿的沙发。若是全木质精雕细刻的,在这样的负荷之下,难免断裂。

我说:"既然您觉得自己一切正常,为什么到我这里来呢?"

我问这话,不单单是一个询问策略,实实在在也是自己心中的困惑。当然了,武威的体形令人瞠目结舌,但如果当事人不觉得这是一个问题,咨询师也犯不上自告奋勇迫不及待地为人排忧解难。

武威一笑,笑容有一种孩子般的天真。他说:"我说我觉得自己正常,但这并不代表着我的家人也觉得我正常。"

我说:"这么说,是家里人让你来做心理咨询的?"

武威说:"可不是吗!他们说我太胖了,马上就要面临大学毕业找工作,像我这样的体形,会受到歧视。更甭说以后找对象结婚的事了。总之,他们逼着我减肥。我吃过各式各样的减肥药,喝过名目繁多的减肥茶,还尝试过针灸推拿揉肚子……"

我问:"什么叫揉肚子?"

武威说:"一种新流行起来的减肥方法,就是好几个人在你的肚子上像和面一样揉啊揉的,据说能把腹部的脂肪颗粒粉碎,这样就可以排出体外了。还有一种吸油纸,就像胶布一样贴在你想减肥的部位,大概过上一个小时,就会看到那片纸变透明了,全都是油滴。"

我大吃一惊。以我当过20年医生的经验，绝对不相信人体内的脂肪会被一张纸榨出来。

"这是真的吗？"我问。

武威说："有一次，我把吸油纸贴在冰箱外壳上。一个小时之后，吸油纸也是油光闪闪的。"

我愤然："怎么能这样骗人！"

武威说："现在社会上流行以瘦为美，商家就利用人们的这种心理，大发减肥财呗。"

我发现武威虽然看起来动作迟缓，但思维清晰敏捷。

我说："想必你尝试过种种减肥方法，都没效果。"

武威说："您说对了一半。就我尝试过的方法，公平地说，除了吸油纸是彻头彻尾的骗术以外，其他的多少都有一些效果。它们之中要么用了泻药，要么使用了西药抑制人的食欲，每次我都能成功地减肥几十公斤。"

我又一次坠入雾海。若是每一次都减肥成功，那么武威目前就不会是如此庞然大物了。或者说，他以前简直重如泰山？

看到我百思不得其解的模样，武威说："是的，每一次都成功，可是，您知道反弹吗？"

我说："知道。就是体重又恢复到原来的分量了。"

武威说："岂止是原来的分量，更上一层楼了。我就这样，一次又一次地减肥，然后一次又一次地比原来更肥。"

我觉得武威说完这句话，应该愁眉苦脸，起码也会叹一口气吧？可是，武威依然是安之若素的模样，甚至嘴角还浮现出隐隐的笑意。

我有点怀疑自己的眼神，但是，没错，武威脸上并没有任何沮丧的神气，看来，他说自己没有问题，也不是毫无根据的。但是，面对着这种明显不正常的体重，还要说一切正常，这是不是正是要害所在呢？

我对武威说："我看你对自己的体重，并不觉得有什么不合适的地方。"

武威好像遇到了知音，说："哎呀，您可真说到我的心里了。我并不觉得这不正常。"

把一个明显不对头的事说成正常，这也是问题啊。我说："武威，你可以有一个选择。你要是觉得自己没有一点问题，你就可以走了。你要是希望自己变得更好，咱们就来探讨一下有关问题。毕竟，你的体重超标了。这是一个事实。"

武威迟疑了一下。看来，他是一个好脾气的胖子，所以，他并不想忤逆父母的意愿，就乖乖地来见心理咨询师了。不过，他本打算走个过场，然后就照样我行我素。现在，面临选择，他费了思量。过了一会儿，他说："你说这话我愿意听——谁不愿意把自己变得更好呢？我愿意和你讨论一下我的体重问题。"

很好，显著的进步，武威终于承认自己的体重是一个问题了。

我说:"你从小就比较胖吗?"

武威连连摇头说:"我小的时候一点都不胖。从 12 岁零 3 个月的时候,开始发胖。以后就越发不可控制,差不多每年长 20 斤。要说一个月长一斤多肉,也不是什么了不起的事,但日积月累,就成了现在的样子。"

这段话初听起来,好像很普通。但我注意到了一个奇怪的数字,12 岁零 3 个月。按说体重增加并不是突然发生的,但武威为什么把日期记得那样清楚呢?

我说:"武威,当你 12 岁零 3 个月的时候,发生了什么?"

武威低下头说:"我不能告诉你。"

我说:"为什么?"

武威说:"因为一想起那段日子,我太悲伤了。"

我说:"武威,将近 10 年过去了,你还这样痛苦。我猜想,这也许和你的一位挚爱的人离去有关。"

武威抬起头来,我看到他的眼珠被泪水包裹。他说:"您说对了。我从小就和外婆在一起,她是个非常慈祥的老太太。我从她那里,得到了温暖和做人的道理。我觉得她这样好的人,是永远不会死的。可是,她得了癌症。很多人得了癌症,也都可以治疗,比如化疗什么的,就算不能挽回生命,坚持个三年五载的也大有人在。可我外婆什么治疗都不能做,从发现患病到去世,只有短短的 20 天。我痛不欲生,拼命吃饭,从那以后,就踏上了变胖的不归路……"

我的脑海开始快速运转。按说痛不欲生的结果，是令人食欲大减，饭不思茶不饮的，似这般暴饮暴食胡吃海塞搞得体重骤升的，实在罕见。

我说："原谅我问得可能比较细，你吃下那么多东西的时候，想的是什么？"

武威说："我想这就是纪念我外婆的一种方式。"

我又一次糊涂了。祭奠亲人的方式，可能有千千万万种，但用超常的食欲来思念外婆，这里面有着怎样的逻辑？

我说："你外婆一直鼓励你多吃饭吗？"

武威说："没有。外婆是非常清秀的江南女子，直到那么老的年纪，都非常美丽，每餐只吃一点点饭。"

我说："那么，你为什么要用吃饭悼念外婆呢？"

武威陷入了痛苦的回忆。许久，他喃喃地说："也许……是因为……我听到了一句话。"

我说："那是一句怎样的话？"

武威用手支撑着头说："那一天，我到医院去看望外婆。正是中午，大家都休息了。当我路过医生值班室的时候，听到两位值班医生在说话。男医生说，13床的治疗方案最后确定了没有？女医生说，没有什么治疗方案了，就是保守对症，减轻病人一点痛苦。男医生问，干吗不手术呢？女医生答，年纪太大了，如果手术，很可能就下不了台，比不做还糟糕。男医生又说，那么化疗呢？资料上说，现在新的药物对这种癌症效果不错的。女医生接着回答，13床太瘦弱了，化疗方案一上去，人肯定就不行了，还不如这样熬着，活一天算一天……

"13床，就是我的外婆啊。

"医生们的这段对话，给我留下了非常深刻的印象。我觉得外婆的死，就是因为她太瘦了，瘦到无法接受治疗，如果她胖一点，就能够战胜死神，就能一直陪伴在我身边……"

武威断断续续地讲着，他的眼泪一滴滴落在黄绿相间的格子衬衣上，每一滴都像一颗透明的弹球。

我默默地坐着，能够想见至亲的人离去，给当年的小男孩以怎样摧毁般的打击。他以自己的方式表达着痛入心扉的哀伤，表达着对于死神的强大愤怒，表达着对于外婆的无比眷念……难怪他不认为这是不正常的，难怪他在每一次减肥之后都让自己的体重变得更重。

在接下来的多次咨询中，我和武威慢慢地讨论着这些。当然，我不能把自己的判断一股脑地告知他，而是在我们的共同探讨中，渐渐向前。

武威后来成功地减下了50公斤体重，成了英俊潇洒的靓仔。对外婆的悼念也化成了力量，现在的他各方面都很优秀。

永别的艺术

只有更明智巧妙地摆下人生的最后棋子，才能更有质量地获得完整的尊严。

近读一文，是几位日本女性谈她们如何人到中年就开始柔和淡定地筹划死亡的。好像戏刚演到高潮，主角就潜心准备谢幕时的回眸一笑，机智得令人叹服。

有一位女性，从 62 岁起就把家中房子改建成 3 间，适合老年人居住，以用作"最后的栖身之所"。删繁就简，把用不着的家具统统卖掉，只剩下四把椅子，两个杯盘。

一位女儿为父母收拾遗物，阁楼就像旧仓库，式样该进博物馆的服装、不知何时买下已发脆的布料、像出土文物一般陈旧的卫生纸、不起丝毫泡沫的洗涤剂等，但房产证、银行存折、名章等重要物件却不知藏在什么地方。

她把父母家中的家具、衣物、餐具都处理了，最难办的是，母亲生前花了 250 万日元自费出版的自传,剩下 100 多册,无法处置。再三考虑之后,女儿双手合十默念道:妈妈,留下来的人还要生存,只有对不起您了。说完,她只收起 4 部自传,其余的都销毁。母亲的日记,她带走了。但每读一遍,都沉浸在痛苦之中。当她 49 岁时,先烧掉了自己的日记,然后把母亲的日记也断然烧光,从此一了百了。

风靡全球的《廊桥遗梦》,其实也是一个从遗物讲起的故事。一位妻子患病住进医院,后察觉到不是一般的病,便一再强烈要求出院回家。丈夫只好不断说"明天我们就办手续",敷衍她。女人终于在一天夜里,睁大着双眼走了。丈夫整理妻子遗物的时候,发现了她与情人 8 年相通的记载,总算明白妻子最放心不下的是什么。

读着这些文字,心好像被一只略带冷意的手轻轻握着,微痛而警醒。待到读完,那手猛地松开了,顷刻有新鲜的血,重新灌注四肢百骸,令人感到阳间的温暖。

第一次清晰地感受生命对死亡的准备,是十几岁下乡时,房东大娘在秋阳下晾晒老衣。她脸上欣赏的神色和寿装绚丽妖娆的色彩,令我感到她有一种早日套入它们的期待。细想起来,农牧社会的死亡也是节俭和单纯的。一个人死了,涉及的不过是几件旧衣,或烧或送都好处置。其他农具家具炊具,属于公众的大家庭,不会也不应随了死者遁去。

现在社会在进步之中，也使死亡奢华和复杂起来。你不在了，曾经陪你的那些物品还在。怎么办呢？你穿过的旧衣，色彩尺码都打上强烈的个人印迹，假如没有英王妃黛安娜的名气，无人拍卖无处保存。你读过的旧书，假如不是当世文豪，现代文学馆也不会收藏，只有车载斗量地卖废品。你用过的旧家具，假如不是紫檀或红木，或许被丢弃到垃圾堆里。你的旧照片，将零落一地，随风飘荡，被陌生的人惊讶地踏着问：这是谁？

当我认真思忖死后的技术性问题时，感觉到的不再是对死亡的畏惧，而是对不幸参与料理这一切事物的人，充满歉意。假如是亲人必会引起悸痛，但我的本意，是望他们平静。假如是素不相识的人出于公务或是仁慈相助，更应减少他人的劳动强度。

我原以为死亡的准备，主要是思想和意志方面。现在才发觉，涉及死亡的物质和事务也相当繁杂。或者说，只有更明智巧妙地摆下人生的最后棋子，才能更有质量地获得完整的尊严。

让年富力强的人，考虑死亡，似乎是一件可笑的事情。但死亡定会在某一个不可知的时辰，与我们正面相撞，无论多么伟大的人物都要臣服它的麾下。

经常想想自己可能明天或者最近就可能死，是一件有趣而且有益的事。

第一是有利于感悟生命，体验到它的脆弱和不堪一击，会格外地珍惜今天。有许多暂时看来无法跨越的忧愁与痛苦，在死亡的烈度面前，都变得稀薄了。

第二是有利于抓紧时间。日常生活的琐碎重复，使我们常常执拗地认为，自己是坐拥无限时光的富翁，可以随意抛撒。死亡给了我们一个不由分说的倒计时，无论你此刻多么精力超群，时间之囊里的水都在一去不复返地失落着，储备越来越少。

第三是有利于我们善待他人，快乐自身。死亡使真情凸现，友情长存。

总之，死亡是不讲情面的伴侣，厮伴我们终生。此公最大的爱好就是冷不防，极少发布精确的预告。于是如何精彩地永别，就成了值得深入探讨的问题。日本女人的想法，像她们的插花，细致雅丽，趋于婉约。我想，这门最后的艺术，不妨有种种流派，阴柔纤巧之外也可豪放幽默。小桥流水或横刀跃马，都可以事先多次设计，身后一次完成。或许将来可有一种落幕时分的永别大赛，看谁的准备更精彩，构思更奇妙，韵味更悠长。

唯一的遗憾，就是这比赛的冠军，不能亲自领奖了。

艾滋之椅

一个人怎样独立地走向死亡？

旧金山佩奇街 273 号。禅宗临终关怀中心。一座宁静的建筑物，在居民区内。门口没有任何标志，只有高高的台阶，甚至连普通公共场合均有的残疾人坡道和盲道，这里也没有。我和安妮迟疑了半天。我们不能确定要拜访的专门和死亡打交道的这个中心是不是这里。想象中，该是一座独立的白色建筑，有葱茏的绿树和不败的鲜花。这里，没有。起码在外面看不到任何迹象，一如平凡的民宅。

进了门，在见到任何人之前，就认定是这里了。是空气告诉我们的。空气中弥漫着奇异的香气，让人有微微的麻醉和眩晕之感，但心的悸动就在这种奇特的香氛当中，平缓到迟慢。

禅宗临终关怀中心的布莱德先生慢慢地走过来，接待我们。他说话的语调也是慢慢的，举手投足也是慢慢的。慢，是这里不变的节奏。单是这一点，就已让人足够惊奇。在现今的社会里，你还能找到一间不是因为拖沓而是有意识地缓慢办公的公司吗？在商业的交往中，你还听得到一个如泠泉般天然的女孩声音吗？越是发达的社会，那频率就越是不可思议的快，直到我们目不暇接得整体昏眩了。

相反，在这个一切都缓慢的房间内，我的精神异乎寻常地警醒了。

布莱德先生告诉我们，这家机构完全是慈善性质的，建立于1987年。这里有10位工作人员，还有150名义工。这个中心没有医生，也不用任何药物，它的主要工作，就是帮助人们安详地死去。

布莱德先生慢慢地说："死亡是需要学习的。临死的时候，很多人不知所措。没有人教授这种知识。当死亡到来的时候，人们一无所知。我们就是要帮助大家，当然，也是在帮助自己。只有懂得生命意义的人，才有勇气探讨死亡。只有对死亡有了更深入的了解，人才能更深刻地把握生命。死亡，其实就是一切事物的本质。"

这些话，有些玄了，倒是和这弥漫着奇异香氛的雅室相配。房间高大，布置得很有宗教气息，有一种空旷感。我说："这是什么香？"

布莱德先生说："这是从印度带来的藏香，能够安抚人的神经。"

我问："什么人才能住进这间中心来？"

布莱德先生说："谁都可以住进来，只要你提出申请。我们的工作人员会到申请者的家中去看望他们，和他的家人谈话，以最后确定他是否可以来，什么时候来。因为这里是不做任何治疗的，只是接受如何面对死亡的训练。如果病人还有救治的希望，就不会接受他们到这里。"

我听得从内心向外沁冷，说："死亡的训练是怎样的呢？我很想知道。"

布莱德先生说："当给予适当的条件的时候，人们是很愿意讨论死亡的，特别是当死亡迫在眉睫的时候。刚来的人，大都比较紧张，对死亡不了解，不知道自己将怎样迈向死亡。我们让他接受冥想训练。其核心就是当生命的最后瞬间，只有你一个人时，你将如何走向死亡。这真是一个很有效的训练。当反复训练终于完成之后，病人就不再害怕死亡了。我们把最后的时刻简称为'在床边'。因为死神是在床边领走我们。那种时候，往往是你一个人。当然，我们这里是 24 小时都有人值班，但我们不能保证你'在床边'的时候，旁边一定会有人。所以，每个人都要练习独自一个人'在床边'，在那种时刻，保持最后的平静。"

我说："经过训练，病人'在床边'的时候，都能保持平静吗？"

布莱德先生说："大部分病人都能做到平静。特别是入院时间较长的病人，基本上都是平静的。如果入院的时间太短，病人可能还未能完全训练好，有的人依然在惧怕中逝去。这和每个人的情况不同有关，有的病人有太多未了的心事，还未学会放下。死亡是一个过程，我们对它要有准备。其实，就是突如其来的死亡，比如飞机失事或是外伤等，如果不可避免，平静是最好的应对……"

正说到这里，一名女士悄悄地走进来，在布莱德先生耳边说了一句话，布莱德先生于是站起身来，说："不好意思，有一件急务，需要我出去一下，很对不起。请稍等。"

我们等了一会儿，又等了一会儿，布莱德先生还是没有回来。一位长得很秀丽的女士走进来说，布莱德先生还要等一会儿才能回来，你们不妨先到各处参观一下。

我和安妮蹑手蹑脚地在中心内部缓慢走动着。悄悄地推开一扇门，雪白的床单下有一个黑人男子，瘦到骇人的程度，用"骨瘦如柴"这样的形容词对他都是夸奖，简直就是几根紫铜丝拧成的轮廓，无声无息。如果不是他那大如鸭蛋的眼睛上的睫毛有微微的颤动，简直看不出有一点生命的迹象。

我们逃也似的离开了这间屋子。

"这是一个艾滋病人。这两天，他就要'在床边'了。"秀丽的女士说。

楼边有一座小小的花园，有一些绿色的植物，因为已是秋天，没有了想象中的葱绿，几片黄叶悄然落下，也是缓缓的，仿佛电影中的慢镜头。一把椅子，角度放得很巧妙，正好对着花园里最美丽的一角。我说："我可以坐在上面吗？"

秀丽的女士说："当然可以。我们这里经常住进艾滋病人，当他们还没有丧失最后的活动能力的时候,他们很愿意坐在这张椅子上看看风景。"

哦,原来这是一把艾滋之椅。

我坐在上面,椅子很舒适,风景也很好。我看着面前的树叶,心想,这几片叶子,也许曾给若干位艾滋病人带来过安抚和宁静。如今,它们还在秋阳下焕发着最后的绿色,但那些触抚过它们的视线,已然被土壤掩埋。泥土中的视线,一定还残留着丝丝绿色吧。

我请安妮给我照了一张相,在这把椅子上。

照完之后,我对安妮说:"我也给你照一张吧。"

安妮说:"毕老师,我不照。我的手脚现在都是冰凉的。一会儿从这家中心走出去,我要立即进一家咖啡店,用滚烫的水暖暖我的胸膛和大脑。"

我问秀丽的女士:"这个中心自建立以来,一共有多少人从这里走向终极?"

秀丽的女士说,她来这里工作的时间并不很长,关于具体的数目,不是很清楚。但她可以告诉我们一个数字,自建立中心以来,截止到今天,这里一共在1267天中每天都有人去世。有时是一人,有时是多人。

正说着,布莱德先生回来了。他说:"很抱歉,但是,没有办法。南希去世了,就在刚才。我到了她的床边,她很平静。"

我说:"南希是谁?"

布莱德先生说:"南希是我们这里的一个病人。患乳腺癌,人很年轻,只有44岁。她在这里住了四周,刚住进来的时候,人非常紧张,非常恐惧。经过训练,她变得很平静了。刚才离世的时候,十分安详。"

我们静默,脖颈处像卡着一块冰。想到就在我们方才漫步的时候,一条生命正向空中遁去,心中充满茫然。仿佛看见南希的灵魂正在这屋顶上,宁静地看着我们。

布莱德先生说:"每当有病人去世,我们都会在他的床边,举行一个小小的告别仪式。现在,我马上就要到南希的床边去,我们只能就此结束了。"

秀丽的女士说,她的亲人就是在这里去世的。她喜欢这里舒缓的气氛,亲人去世后,她就要求到这里来工作了。这里的特点就是宁静,在现代社会,找到这样一个宁静的地方是不容易的。"这里的宁静,是很多人用心血营造出来的。"她最后说。

一个人怎样独立地走向死亡?所有走过的人,都不会告知我们有关的经验教训。"在床边",是一个新鲜的课题。我觉得,人在容光焕发、精力充沛的时候,不妨花点时间琢磨琢磨这件事,真到了垂垂老矣、气息奄奄之时,考虑起来就太艰苦了。平常日子,脑子转的速度不必那样快,步子的频率不必那样高,声音的分贝不必那样强,睡眠的时间不必那样晚……

生命和死亡如影随形

思考死亡就是这样一种精神的催化剂，可以把人从必死的恐惧中升华到更高的生存状态——那就是兴致勃勃地生活。

我为什么要谈论死亡？这使我像猫头鹰一样被认作不祥。

有人语重心长地对我说，人间已经有够多的恐惧和害怕，为什么还要在不痒的地方开始搔扒？何苦呢？你这不是自寻烦恼吗？如果你想给人注入希望，为什么要用这种永恒不变的黑暗之事来袭扰我们本来就千疮百孔的意志？呜呼，我们还很年轻，为什么不把死亡留给那些垂死的人去想呢？最起码，也是给那些50岁以上的人出的题目吧。

哦，我回答。生命和死亡是如此如影随形，它们并不像阿拉伯数字，有一个稳定的排列顺序，在19之后才是20。它们是随心所欲不按牌理出牌的，没有一个必然的节奏。要死死记住，这世界上没有任何人可以并且有能力向你承诺：你可以无忧无虑地活到某个期限之后才来考虑这个问题。死亡可以在任何地点任何时间不打任何招呼地贸然现身。

嘿,这世上有一些最重要的事情,不管你喜欢不喜欢,它们在生命的海洋里坚定地存在着。在某些特定的时刻,毫无征兆地掀起滔天巨浪。很遗憾、很确定的是——死亡就在这张清单中。

对于一个你生命中如此重要的归宿,你不去想,如果不是懦弱,就是极大的荒疏了。

古罗马的哲学家塞内加冷冰冰又满怀热情地说过:"只有愿意并准备好结束生命的人,才能享受真正的人生滋味。"

我们是必死的动物,又因为我们是高等的动物,所以,我们千真万确地知道这一点。否认死亡,就是否认了你是一个真正有脑子的人。你把自己混同于一只鸡或是一条毛虫。在这里,我丝毫没有看不起鸡和毛虫的意思,只是明白人与它们是不同的物种。

奥运会开幕式、闭幕式的时候,人人都害怕天公不作美,降下雨滴。如果甘霖洒下,尽管对于干旱的北京是解了渴,但那些精心排练的无与伦比的美妙场景就会大打折扣。人们在不断逼问气象学家那天晚上究竟会不会下雨的同时,也热切地寄希望于我们的高科技,可以将雨云催落他乡。

开幕式的时候,我正在墨西哥湾上航海。我回到家中,查找到开幕式的报纸,果然看到报道,那一天晚上阴云奔突,为了防止在鸟巢上空降雨,有关部门发射了催雨的火箭,将水汽提前搅散，让那传说中的雨降在了别处。于是，亿万人才看到了鸟巢璀璨晶莹的完美夜景，听到激越躁烈的击缶声震荡寰宇。可见，催化剂这种东西的魔力，在于将一桶必然要爆炸的火药提前引动，变得无害而可以忍受。它在某种程度上可以化腐朽为神奇，保障了最重要的阶段完整无缺。

思考死亡就是这样一种精神的催化剂，可以把人从必死的恐惧中升华到更高的生存状态——那就是兴致勃勃地生活。对于死亡的觉察，如同手脚并用地攀爬了一座高山。山顶上，一览众山小，使人不由自主地远离了山脚、山腰处万千琐事的凝视，为生命提供辽远、开阔和完全不同的视角。

你如果听了上述这些话，还是对探讨这个问题心有余悸，那么，在我束手无策之前，容我给你开一张空白的心灵支票吧：对于死亡的思考，可以拯救你生命的很多时刻。对死亡的关切，有可能让你的生命有一种灿灿金光。虽然随着岁月流逝，身体会不断枯竭，但精神能越来越健硕。

只是这张支票兑现的具体日期和数额，要由你自己来填写。谁都不能代替谁思考。不知你内心的恐惧还会持续多久？

有个女子说，她以前有一个习惯，就是从来都不彻底地完成一件事情。本子总是用不完的，要留下几张纸；喝水会把底儿留在杯子里，美其名曰"有水根儿（就是水碱）"，喝了要得肾结石的，这借口虽明知荒谬，也还是一再重复着，哪怕是喝瓶装的纯净水，也绝不喝干；因为怕离别，她总会提早从聚会的场所离开，总能找到各式各样的理由让自己抽身；甚至吃饭菜的时候，都不会吃完，留下一口，并认为这是礼貌；打扫房间，也不会彻底，留下一个角落，说等下一次再来清洁吧，从小长辈就觉得她这是偷懒，说过无数次，她就是不改。

大家看到这里，也许会说，这不过是很多人都有的小毛病，充其量也不过是个说不上好也说不上不好的习惯。当然了，如果事情仅仅停留在这个阶段，也许人们都还能容忍，但是，每个人行事的规律，无论大事小事，内里其实都是惊人地相似。

这女子工作以后，无法在任何一个单位待到两年以上，总是不断跳槽，有时有明确的原因，有时自己也说不明白，好像完全找不到充分的缘由，只是突然想走就走了。冲动一起，是那样难以克制，似乎在逃避、躲避什么可怕的东西，唯有中断，才是出路。再后来，她连自己的婚姻也坚持不下去了，厌倦、恐惧和平淡，让她最终选择了放弃。

不过，这世界上好的男人，比起好的工作，似乎要少。况且就算是工作，如果那个单位满员，你也无法插入。婚姻更是具有鲜明的排他性。鹊巢鸠占，鹊就回不来了。她的主动退场，很快就让别的虎视眈眈的女子填补了空白。当她意识到自己的前夫多么难得的时候，金瓯已缺，丧失了恢复原状的可能。

她是如此苦恼，如此憔悴。在庞杂纷嚣的混乱之下，我一时也一筹莫展。如同面对一张沾满了蛛网的条案，纵横交错，不知道哪里才是混乱的支点。

关于漫长的谈话过程，我在这里就不赘述了，感谢她的无比信任。我后来才知道，匍匐在她内心的蜘蛛是自幼年就潜藏下的恐惧。她在非常幼小的时候连续失去亲人，棺材前摇曳的烛火、血肉模糊的尸身，都让她对终结的恐惧变得如此根深蒂固。这恐惧化身为"不要把事情做到底"的潜意识，如同魔咒，贯串了所有岁月。她给自己定了一条规则，也算是"潜规则"吧——只有逃避结束，才能对抗死亡。

说到底，我们对于死亡的恐惧是会化装的，会以各种各样我们匪夷所思的模样乔装打扮出现。惧怕死亡就如同一根粗壮的藤，蜿蜒盘曲结着不同的瓜。也许是人际关系的不和睦，也许是做事的极端完美主义，也许是关键时刻的优柔寡断，也许是婚姻和感情的破坏与纷扰……如果你无法长久地保持安宁的心智，经常出现无法描述的悲伤或烦躁，很可能就是在死亡这个问题上没有直面的勇气。总之，对死亡的恐惧如同百变妖魔，有万千种表现手法。原谅我带一点武断地说，每一个无以解释的焦虑之梦背后，都是死亡之魔起舞的广场。

对此，最好的方式，就是在源头上把这件事搞清楚，从此不怕死，把死亡视为一个成熟的过程，有勇气饮尽生命的最后一滴甘露，之后从容安详地赴死，变成细碎虚空的分子，与宇宙合为一体。在这之前，有滋有味地生活。

死亡的过程对每一个人来说，都是一项崭新的学习体验。为什么你一定要一直想着你老了、老了？为什么要一次又一次踮起脚来张望归途？

有朋友曾经这样气恼地问过我，她觉得我不断地谈论死亡必将到来，让她噤若寒蝉。她说，你的文字通常是安详和温暖的，但那些关于死亡的论述夹杂其中，就像一些粗粝的贝壳碎片，会刺破手心的皮肤，让人淌血。

我说，既然死亡是一个规律，为什么不能讨论？既然归途本来就存在，为什么不能张望？为了保持我整个生命的质量，为了当我发白齿稀之时仍然能保有尊严和快乐，我就要提前下手了。如果你不快，那么我很抱歉。不过请原谅，我还是要这样做。

© 中南博集天卷文化传媒有限公司。本书版权受法律保护。未经权利人许可，任何人不得以任何方式使用本书包括正文、插图、封面、版式等任何部分内容，违者将受到法律制裁。

图书在版编目（CIP）数据

谁走进心理咨询室 / 毕淑敏著. -- 长沙：湖南文艺出版社, 2024.12. -- ISBN 978-7-5726-2138-3

I. I267

中国国家版本馆 CIP 数据核字第 2024Y7R935 号

上架建议：畅销·心理散文

SHUI ZOUJIN XINLI ZIXUNSHI

谁走进心理咨询室

著　　者：	毕淑敏
出 版 人：	陈新文
责任编辑：	张　璐
监　　制：	董晓磊
策划编辑：	鞠　素
特约编辑：	张　雪
营销编辑：	木七七七_
版式设计：	马睿君
封面设计：	尚燕平
内文排版：	百朗文化
出　　版：	湖南文艺出版社
	（长沙市雨花区东二环一段 508 号　邮编：410014）
网　　址：	www.hnwy.net
印　　刷：	北京中科印刷有限公司
经　　销：	新华书店
开　　本：	640 mm × 915 mm　1/16
字　　数：	158 千字
印　　张：	15.5
版　　次：	2024 年 12 月第 1 版
印　　次：	2024 年 12 月第 1 次印刷
书　　号：	ISBN 978-7-5726-2138-3
定　　价：	59.80 元

若有质量问题，请致电质量监督电话：010-59096394
团购电话：010-59320018